KB061270

의순공주

설흔 역사소설

조선이 버리고 청나라가 외면한

의순공주

위즈덤하우스

일러두기

- 본문에 언급되는 인용은 기사의 수록 일자를 따로 적지 않았다. 작품을 해석하고 글을 쓰는 과정
  에서 참고한 책과 논문, 그리고 작품을 이해하는 데 참고할 만한 저작들은 참고문헌에 일괄 제시
  했다.
- 인용된 번역은 원문의 느낌을 가급적 살리되 독자들이 이해할 수 있도록 현대어로 풀어 썼다.
- 인명·서명 등 한자어는 원칙적으로 처음 나올 때만 병기했다. 단, 본문의 이해를 돕기 위해 필요
  한 경우 다시 병기했다.
- 본문의 전집이나 총서, 단행본 등은《 》로, 개별 작품이나 편명 등은〈 〉로 표기했다.

차례

프롤로그 ··· 004

제1장 **자색** ··· 011

제2장 **주밀** ··· 051

제3장 **외설** ··· 091

제4장 **일변** ··· 121

제5장 **공론** ··· 151

제6장 **죄** ··· 185

제7장 **빈 무덤** ··· 215

참고문헌 ··· 229

오래간만에 야구장에 갔다가 유민주(가명)를 만났다. 유민주는 한
때 나와 같은 직장에 다녔다. 물론 사회적 직위 차이는 확연했다.
나는 평사원이었고, 유민주는 계열사 사장의 딸이었다. 게다가 유
민주는 예쁘기까지 했다. 우리는 6회 말이 끝난 후 야구장에서 나
왔다(홈팀이 1대 12로 지고 있는 경기를 감상하기는 좀 그랬다). 잠실역 근
처 커피 집에서 이전 직장에서 있었던 소소한 추억들을 나누었다.
대화 전개상 '지금은 글을 쓰며 먹고살고 있다'는 사실을 밝히는 것
은 지극히 자연스러운 일이었다. 내 말을 들은 유민주는 깜짝 놀라
더니 자기에게 '글'이 하나 있다고 했다. 나는 '글감'으로 알아듣고
심드렁한 얼굴로 고개만 끄덕였다. 글을 쓴다고 말하기 무섭게 득
달같이 달려드는 이들이 있다. 쓰기만 하면 '대박'이 날 좋은 소재

를 주겠다, 자기 이야기는 소설보다 더 기구하다 등이 그런 이들의 주된 레퍼토리였다. 유민주는 더 밀고 나가지 않았다. 그저 내게 이메일 주소를 물었을 뿐이다. 우리는 맥줏집으로 자리를 옮겨 생맥주 한 잔씩을 더 마신 뒤 서로의 앞날을 축복하는, 아름다우나 무의미한 말을 주고받으며 헤어졌다.

그날 밤 유민주가 보낸 이메일이 도착했다. '글'이 첨부된 이메일이었다. 유민주는 '글'을 보내니 읽어보고 마음에 들면 가져도 좋다고 했다. 글의 소유권을 주장할 마음은 전혀 없고 자신이 쓴 글에 대한 특별한 애착도 없으니 그대로 쓰든지, 개작을 하든지 개의치 않겠다고 했다. '글'의 수준이 우선이었기에 내용을 살펴보았다. 내가 잘 몰랐던 조선의 어느 공주 이야기였다. 결론적으로 말하자면

'글'은 내 마음에 들었다. 감정을 통제하지 못했는지 자극적인 단어와 경박한 표현들이 종종 보였다. 지나치게 신랄한 구석도 눈에 띄었지만 읽을거리로서의 가치는 충분했다. 남편으로 추정되는 인물에 대한 사적인 언급을 없애고 이해를 돕기 위한 주석과 해설 같은 것들을 덧붙이면 시중에 없던 새로운 형태의 역사서가 될 가능성도 있었다.

다음날부터 나는 역사책들을 뒤적이며 주석과 해설을 달았다. 며칠 후 나는 완성된 원고를 유민주에게 보냈다. 전면 개고에 가까운 행위를 한 것 같아 초조하게 기다렸으나 답은 없었다. 재차 보내도 마찬가지였다. 유민주는 내가 보낸 이메일을 아예 읽지도 않았다. 쿨한 체하느라 전화번호를 교환하지 않은 것이 후회가 되는 순간이었다. 그러나 그대로 포기하기에는 '글'이 아까웠다. 결국 첫 이메일에서 유민주가 썼던 글을 출판에 대한 동의로 간주하기로 했다.

유민주가 이 책을 사서 읽게 될지 잘 모르겠다. 내가 빼고 붙인 부분이 유민주의 마음에 들지도 잘 모르겠다. 그저 내가 말할 수 있는 것은 이 작업이 내게는 무척 흥미로웠다는 사실뿐이다. 뭐랄까, 여성혐오에 대한 역사적 고찰을 한 느낌이랄까(물론 독자들의 생각은 다를 수도 있겠다). 그러므로 이 책을 내면서 내가 고마움을 표해야 할 유일한 사람은 유민주다.

제1장 자색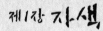

일찍이 성상의 하교를 듣고 금림군錦林君이 스스로 말하기를
"딸이 있는데 자색姿色이 있다"고 했으니, 선택에 적절할 듯합니다.

- 효종孝宗 원년(1650) 3월 9일

황부皇父 섭정왕攝政王은 조선 국왕에게 칙유勅諭한다. 내 여러 왕, 패륵貝勒, 대신들이 수차례 의견을 냈다.

"예로부터 번국藩國의 참한 여성을 가려서 비妃로 삼은 전례가 있으니, 대신을 조선으로 보내서 숙녀를 가려 비로 삼아 조선과 인친姻親을 맺으시기 바랍니다."

많은 사람들의 말이니만큼 옳다고 생각되었다. 그래서 특별히 대신들을 보내어 인친에 관한 일을 유시諭示하도록 했다. 그대 조선은 이미 우리와 한 나라가 되었는데, 다시 인친을 맺는다면 그 사이가 더욱 오래도록 견고해 앞으로 다시는 두 나라가 되지 않을 것이다. 왕의 누이나 딸, 혹은 왕의 근족近族이나 대신의 딸 가운데 참하고 덕행이 있는 자가 있으면 선택해서 짐이 보낸 대신들에게 보이도록 하라.

1

밑도 끝도 없이 튀어나온 황부 섭정왕이 도대체 어떤 인간인지가 궁금하겠지요? 답은 간단하답니다. 황부 섭정왕은 청 태조 누르하치速兒哈赤의 열네 번째 아들 도르곤多爾袞이에요. 왜 똥 마려운 아이처럼 손을 들었다 말았다 하면서 안절부절못하는 거예요? 아, 질문이 있다고요? 하세요, 어차피 당신을 위해 푸지게 설을 푸는 자리니까 질문이 있으면 언제든 하세요. 예? 도르곤의 아들이 황제가 되었느냐고요? 아니에요, 그렇지는 않아요. 아쉽게도 우리 도르곤에게는 아들이 없었어요.[1] 예? 그런데 왜 황제의 아버지에게나

---

1   정확히 말하자면 아들이 없는 것은 아니었다. 위키백과에 따르면 도르곤은 자식

주어지는 황부, 정권의 실세 중에 실세에게만 주어진다는 섭정왕이라는 호칭을 동시에 얻었느냐고요? 무조건 앞으로 전진, 또 전진하기 전에 그 이유부터 알려달라고요?

좋은 질문이에요. 의자에 깊숙이 앉아 천천히 말하는 폼으로 보아 역사에 대해 백지처럼 무지한 것은 아니로군요. 굿, 굿, 굿! 이만하면 시작은 나쁘지 않은 편이네요. 그러면 당신의 궁금증부터 풀고 넘어가도록 할게요. 아들도 없는 도르곤이 얻은 황부 섭정왕이라는, 이 살 떨리면서도 어딘지 모르게 기묘한 호칭에 대해 설명하려면 먼저 도르곤의 형인 홍타이지에 대해 짚고 넘어가야 해요.

홍타이지란 이름은 어디선가 한 번쯤 들어보았겠지요? 그래요, 지금은 고층 아파트 전지가 되어버린 잠실 근처 삼전도 진흙 벌판에서 조선 대빵 인조仁祖에게 머리를 3 곱하기 3, 즉 아홉 번 쿵쿵 소리 요란하게 나도록 땅에다 박으라고 시킨 그 못된 놈이 바로 청태종 홍타이지예요.[2] 한자로는 황태극皇太極이라고 쓰는데 그야말로

을 얻지 못하자 조카인 도르보多爾博를 양자로 들여 후사로 삼았다. 《심양장계瀋陽狀啓》(인조 17년 8월 23일)에는 도르곤의 본처에게 자식이 없자 홍타이지崇德帝가 자신이 기르던, 차홀라몽고車屹羅蒙古의 딸을 주고 본처를 내치게 했다는 내용도 나온다.

2   당시 상황을 조금 자세히 설명하기 위해 인조 15년(1637) 1월 30일 실록 기사 일부를 인용한다.
"상이 단지 삼공 및 판서·승지 각 다섯 명, 한림 주서 각 한 명을 거느렸으며, 세자는

황제의 필이 팍팍 나는 이름이지요.

본명이냐고요? 글쎄요. 원래 이름은 홍타이지가 아니었다는 설도 있고, 아바하이abahai라는 아라비아 왕족 혹은 아수라 백작급 이름이 있었다는 설도 있는데,[3] 거기까지 진행하자면 주제와 어긋나기도 하거니와 당신의 좁은 머리 또한 지나치게 여러 주제로 분산되어 정신이 혼미해질 수 있을 테니 그와 관련한 설명은 하지 않

시강원·익위사의 제관을 거느리고 삼전도三田渡에 따라 나아갔다. 멀리 바라보니 한汗이 황옥黃屋을 펼치고 앉아 있고 갑옷과 투구 차림에 활과 칼을 휴대한 자가 방진을 치고 좌우에 옹립했으며, 악기를 진열해 연주했는데, 대략 중국 제도를 모방한 것이었다. 상이 걸어서 진陣 앞에 이르고, 용골대 등이 상을 진문 동쪽에 머물게 했다. 용골대가 들어가 보고하고 나와 한의 말을 전했다.

'지난날의 일을 말하려 하면 길다. 이제 용단을 내려왔으니 매우 다행스럽고 기쁘다.'
상이 대답했다.
'천은天恩이 망극합니다.'
용골대 등이 인도해 들어가 단 아래에 북쪽을 향해 자리를 마련하고 상에게 자리로 나가기를 청했는데, 청나라 사람을 시켜 여창臚唱하게 했다. 상이 세 번 절하고 아홉 번 머리를 조아리는 예를 행했다."

3 《대청제국大淸帝國》을 쓴 이시바시 다카오石橋崇雄는 홍타이지가 원래는 몽골족 세습관리의 명칭이라고 설명한다. 이 명칭을 이름으로 쓴 이유는 명확하다. 원저자 말대로 황제의 느낌이 팍팍 나기 때문이다. 여담 삼아 보태자면, 홍타이지가 대청제국을 세우고 황제에 오른 데에는 조선의 공이 적지 않다. 홍타이지는 황제 자리에 오르면서 (1636년 4월 11일) 조상들에게 이렇게 고한다.
"하늘은 자비로워 부조의 도를 일으키시어 조선을 항복하게 했습니다. 국호를 고쳐서 대청국, 연호를 개원해 숭덕 원년으로 했습니다."
시기상 병자호란 전이니 정묘호란의 강화 조건을 받아들인 조선을 실질적인 번국으로 간주했음을 알 수 있다.

기로 하겠어요.

아무튼 홍타이지가 인조를 앞에 놓고 승자의 기분을 만끽할 수 있었던 데에는 도르곤의 공이 무척 컸어요. 홍타이지의 이복동생이자 최측근인 도르곤은 병자호란 최대의, 아니 유일한 승부처라 해도 절대 과언이 아닌 강화도 공방전을 총지휘했거든요. 아, 강화도 공방전! 권투로 치면 1라운드 종이 울리자마자 날린 원투 스트레이트 펀치로 승부가 갈린, 역사상 가장 허무했던 그 전쟁 이야기를 하자면 열불이 터져 미친년처럼 어이구 소리만 꽥꽥 질러대야 할 테니 교양인의 품위를 지키기 위해서라도 곧바로 우리 관심사로 넘어가도록 할게요.

자, 사건은 이래요. 누르하치의 여덟 번째 아들이면서도 당당히 황제 자리에 올라 승승장구했던 홍타이지가(당신은 분명 1순위가 아니었던 홍타이지가 어떻게 누르하치의 뒤를 잇는 황제가 되었는지 궁금해 미칠 지경이겠지만 나는 그 이야기는 '죽어도' 하지 않을 작정이에요. 정 궁금하면 직접 알아보든가요) 다된 밥이나 마찬가지인 중원 정복의 꿈을 이루지 못하고 갑자기 세상을 떠났어요.

황제가 죽었으니 장자가 자리를 계승하면 되지 않겠느냐고요? 당신답지 않은 단견이네요. 아, 어쩌면 내 반응을 살피기 위해 슬쩍 던지는 가벼운 잽인지도 모르겠네요. 하여간 당신이란 사람도 참.

아무튼 그건, 만주족에 대해 잘 몰라서 하는 이야기예요. 만주족은 결코 후계자를 미리 정해놓지 않아요.[4] 그런 엿 같은 관습 덕분에, 혹은 대책도 없이 무턱대고 싸움을 부추기는 흥행 우선주의의 잔인한 관습 덕분에 일인자가 죽을 때마다 예고 없이, 이안류가 발생한 경포대나 쓰나미 경보가 울린 해운대 바닷가 같은 일대 혼란이 벌어졌지요.

이번 경우도 마찬가지였어요. 거창한 이름의 소유자답게 무엇이든 잘하는 홍타이지에게는 무려 열한 명의 아들이 있었지요. 게다가 도르곤 같은, 창업자 누르하치의 아들도 여럿 건재한 상태였거든요. 그런데 한동안 청나라를 지지고 볶아 변방에 식용 기름깨나 팍팍 튈 것 같던 이 혼란은 의외로 깔끔하게 수습이 되었답니다. 홍타이지의 아들인 복림福臨(바로 순치제順治帝지요)이 재빨리 권좌를 차지한 거예요.

---

4   강희제美熙齊는 중국의 제도를 모방해 황태자를 미리 정했으므로 원저자의 표현은 사실과 좀 다르다. 그러나 황태자를 미리 세운 강희제의 전략은 오히려 혼란을 부추기는 역할만 했다. 강희제는 황태자를 바꾸는 쇼를 벌인 후에 앞으로 절대 황태자를 미리 정하지 말라는 명령을 내렸다. 우여곡절 끝에 강희제의 황위를 이어받는 데 성공한 옹정제雍正帝는 태자밀건법이라는 새로운 제위 계승 방법을 고안한다. 자신이 생각하는 후계자의 이름을 자금성 정전에 걸린 '정대광명' 편액 뒤에 두었다가 사후에 발표하게 하는 제도다. 누가 후계자인지 모르니 일단은 옹정제에게 충성을 다하는 수밖에 없는 것이다. 물론 강희제나 옹정제가 살았던 시대는 도르곤 시대보다는 후대다.

좀 의외인 것은, 복림은 홍타이지의 아홉 번째 아들로 나이가 다섯 살밖에 되지 않았다는 점입니다. 어떻게 아홉 번째 아들, 그것도 나이가 다섯 살밖에 되지 않은 아들이 그 냉혹한 싸움에서 승리해 권좌를 차지한 것이냐고는 제발 묻지 마세요. 나는 지금 당신에게 청나라 역사를 통째로 들려주려는 것이 아니니까요. 장자 계승을 원칙(원칙이 그러했다는 거예요. 실상은 자기들 마음대로였지요)으로 하는 조선과는 사뭇 달랐던 황위 계승 과정에 대해 이러저러한 사례를 들어가며 금강석처럼 아름답고 완전무결한 설명을 하려는 것도 아니니까요. 건주여진에서, 아니 더 거슬러 올라가 그 옛날 흑수말갈에서 건주여진으로, 건주여진에서 후금으로, 후금에서 청으로 바뀐 제국의 역사와 전통을 논하기에는 내가 가지고 있는 지식과 당신의 역사 일반에 대한 상식, 둘 모두가 형편없이 부족하니까요.

그러니 지금 기억해야 할 것은 오직 하나! 도르곤이란 이름이에요. '숙부叔父 섭정왕'에서 '황부 섭정왕'이 된 도르곤 말이에요. 도르곤 이름 앞을 장식하는 여러 명칭이 뜻하는 바는 오직 하나랍니다. 그래요, 고개를 끄덕이며 하는 당신 말이 다 맞아요. 복림이 권좌를 차지한 데에는 도르곤의 역할이 지대했다는 것, 청나라의 권력은 복림의 손에 있지 않고 도르곤에게 있다는 것, 도르곤은 복림의 숙부가 아니라 아버지 같은 존재, 그러니까 국부였다는 것이지요![5]

문장은 조금씩 달라도 뜻하는 바는 똑같아요. 명목상 황제는 순치제이나 천상천하유아독존의 실질적인 대빵은 바로 도르곤이라는 것이지요. 이만하면 도르곤이 어떤 존재인지는 눈치코치는 우샤인 볼트처럼 빨라도 역사에는 '무한도전' 출연자 뺨치게 무지한 당신도 충분히 감지했을 테니 다시 본론으로 돌아가기로 해요. 우리가 다른 무엇보다도 깊이 파고들어야 할 결정적인 문장은 바로 다음의 한 줄이에요.

도르곤의 정비인 보르지기드씨[6]가 세상을 떠났답니다!

---

5   도르곤은 실제로 순치제의 아버지이기도 했다. 홍타이지가 죽은 후 도르곤은 홍타이지의 측실이었던 보르지기드씨博爾濟吉特氏(훗날의 효장문황후孝莊文皇后)를 아내로 들였다. 보르지기드씨의 아들이 바로 순치제였다. 이 결혼에 대해서는 정략결혼이었다는 냉정한 설과 도르곤의 첫사랑이 보르지기드씨였다는 순애보적인 설이 있다.

6   홍타이지의 측실이었던, 보르지기드씨의 사촌 언니를 말한다. 보르지기드씨 가문은 칭기즈 칸成吉思汗의 후예로 대대로 청나라 황후를 배출했다. 참고로 도르곤에게는 정비와 측실 등 열 명 가까운 부인이 있었다고 한다.

2

예? 도르곤이 보르지기드씨를 사랑했느냐고요? 왜 하필 그런 신파조 질문을 던지는 건지 모르겠어요. 역사 기록에 잘 나와 있지도 않거니와[7] 우리가 관심을 가져야 할 문제는 전혀 아니랍니다. 그러면 우리는 무엇에 집중해야 하냐고요? 도르곤의 비가 죽은 지 두 달이 채 못 되어 청나라 호부상서 파흘내巴忽乃가 도르곤의 칙서를 지닌 채 조선을 향해 떠났다는 사실에 집중해야지요! 그래요,

---

7   효종 원년 5월 12일 실록 기사에 혼례와 관련해 도르곤이 보낸 문서가 실려 있다. 그 문서의 첫 문장이 바로 "상사喪事가 비록 중하기는 하나 왕께서는 너무도 오래 비통해하십니다"라는 청나라 왕과 대신들의 간언이다. 물론 이 문장 하나로 도르곤의 사랑 여부를 평가할 수는 없다. 의례적인 표현일 가능성이 크기 때문이다. 도르곤의 문서는 뒤에 다시 등장한다.

두 달, 딱 두 달이에요. 남자들이란 참. 조금은 민망해하는 당신을 위해 그 전에 도르곤이 다른 여성 하나를 비로 얻었다는 이야기는 조용히 건너뛸게요. 르 발음이 유독 많이 들어가는 낯선 이름들로 안 그래도 복잡한 머릿속만 더 룰루룰루하게 북적이게 만들 테니까요.

그러니까 당신은 내가 앞서 말했듯 그저 '도르곤'만 기억하면 된답니다. 그러면 비록 당신이 《조선왕조실록朝鮮王朝實錄》 사이트에 단 한 번도 접속해본 적이 없고, 사마천司馬遷의 《사기史記》 또한 이름만 들어보았을 뿐 실제로는 단 한 장도 읽어본 적이 없는 역사의 문외한 가운데 문외한일지라도 도르곤의 칙서가 의미하는 바 정도는 쉽게 이해할 수 있을 테니까요. 어려운 단어들로 잔뜩 힘을 주고 이 문장, 저 문장 덧붙여 얼룩덜룩 치장을 했지만 전달하고자 하는 내용은 정말 간단하고 친숙해요. 현대 용어로 번역하면, **여자 하나를 내놓으라는 것이니까요.**

어떤 여자냐고요? 왕의 누이나 딸이면 좋겠지만 근족인 종친이나 대신의 딸도 관계가 없다는 것이지요. 조건은 '아름답고 덕이 있기만 하면'이에요. 즉, 아름답고 덕이 있기만 하면, 왕의 누이든, 왕의 딸이든, 종친의 딸이든, 대신의 딸이든(물론 그 밑의 급은 아예 논외랍니다) 실제로는 가리지 않겠다는 것입니다. 아름답고 덕이 있기만

하면, 그러니까 조금 고상한 표현을 쓰자면 요조숙녀窈窕淑女[8]이기만 하면 만사 오케이라는 뜻입니다. 왜 《논어論語》를 신줏단지처럼 모시고 떠받드는 당신이 분명 귓등으로라도 들어보았을 《시경詩經》이라는 더럽게 오래된 책의 첫머리에도 나오지 않습니까, "요조숙녀는 군자호구君子好逑"라는 시구 말이에요.

괜히 얼굴 붉히고 혼자 킥킥거리지 마세요. 내가 말하는 것은 호구好逑이지 호구虎口가 아니니까요. 조선이 청에게 호구를 제대로 잡혔다고 해서, 조선 임금이 청나라 황제 앞에서 이마빡이 빠개지도록 머리를 바닥에 쿵쿵 박았다고 해서, 특급 성인인 공자孔子가 자기주장을 잘하려면 꼭 읽어야 할 베스트 자기계발서로 강력 추천한[9] 《시경》의 아름다운 시구마저 곡해할 이유는 하나도 없으니까요.

아, 당신은 다른 무엇보다도 도르곤이 끝에다 붙인 말, "그대 조

8　'요조'에 대한 해석으로는 《구운몽九雲夢》을 쓴 김만중金萬重의 것이 최고다. 그는 《서포만필西浦漫筆》에서 요조를 덕과 용모를 겸해 칭찬한 것이라 했다. 얼굴도 예쁘고, 몸매도 좋고, 성격도 좋은 여자가 바로 요조라는 것이다. 이른바 '재색겸비'라는 뜻이다.

9　《논어》〈계씨季氏〉에 진항陳亢이 공자의 아들 백어伯魚에게 아버지의 가르침에 대해 묻는 장면이 나온다. 그 대답 중에 다음과 같은 내용이 있다.

"전에 홀로 서 계실 때 종종걸음으로 뜰을 지나가는데, 《시(시경)》를 배웠느냐고 물으셨습니다. 아니라고 하자 《시》를 배우지 않으면 아무 주장도 할 수 없다고 말씀하시기에 물러나 《시》를 배웠습니다."

박지원朴趾源의 아들 박종채朴宗采가 쓴 《과정록過庭錄》이라는 책 제목의 유래를 알 수 있는 이 대목은 박희병의 《유교와 한국문학의 장르》에도 인용되어 있다.

선은 이미 우리와 한 나라가 되었는데, 다시 인친을 맺는다면 그 사이가 더욱 오래도록 견고해 앞으로 다시는 두 나라가 되지 않을 것이다"라는 말이 꽤 섬뜩하게 느껴진다고요? 당신 말에는 나도 동감이에요. 하지만 어쩌겠어요. 그 당시 조선의 처지가 그러했으니 말이에요. 딱히 그 말만 섬뜩했겠어요? 하루하루 사는 것이 그냥, 섬뜩했겠지요. 기우가 현실이 되어 하늘이 무너져도, 멀쩡하던 바다가 갑자기 뒤집혀도, 물대포에 사람이 맞아 죽어도, 모 올드 가수의 노랫말처럼 바다가 육지가 되어도 하나 이상할 것이 없던 시절이었으니 말이에요. 노파심에 하나 더. 도르곤이 힘으로 윽박지르려고 그 말을 덧붙였다고는 부디 생각하지 말아주세요.[10] 나중에 다시 말하겠지만 도르곤은 그런 식의 무식한 삼류깡패 짓과는 다소 거리가 있는 사람이니까요(삼류가 아니라는 것이지 깡패가 아니라는 뜻은 아니에요!).

그렇다고 해도 섬뜩한 것은 사실이라고요? 그건 나도 마찬가지예요. 이해한다고 덜 두려운 것은 아니니까요. 그래요, 세상에는

---

10   홍타이지가 내건 항복 조건 중에는 이런 것이 있다.
"내외의 제신諸臣과 혼인을 맺어 화호和好를 굳게 하도록 하라."
그러니까 도르곤은 그저 그 항복 조건을 상기시켜준 것에 지나지 않는다. 도르곤의 편을 드는 것이 아니라 사실 관계가 그렇다는 것이다. 비난하고 싶다면 그 항복 조건을 받아들인 인조에게 해야 마땅하리라.

종종 그런 말이 있는 법이에요. 말하는 사람은 아무렇지도 않은데, 어쩌면 선의로 한 말일 수도 있는데 듣는 사람은 살이 떨리는 그런 말, 온갖 상상을 절로 하게 되는 말, 들으면 너무 무섭고, 부끄럽고, 화가 나서 괜히 앞에 앉은 아이 머리를 한 대 쥐어박고 이마저 박박 갈게 만들고 싶은 그런 말, 말이에요.

3

도르곤의 칙서를 폼 나게 지닌 파흘내의 출현으로 안 그래도 병자
호란 이후로 늘 신경증에 가까운 노심초사 상태였던 조선이 당장
전시 비상사태 수준으로 발칵 뒤집혔음은 굳이 더 설명할 필요가
없겠지요. 파흘내가 처음 국경을 넘었을 때의 그 요란했던 소동, 파
흘내가 가져온 칙서의 내용을 하루라도 먼저 알아내기 위해 재상
까지 동원해 벌였던 007 발가락 끝에도 미치지 못하는 그 치졸한
작전 등은 너무 유치해 제 얼굴에 가래침을 뱉는 꼴이니 길게 설명
하지 않고 그냥 넘어갈게요. 자세히 살펴보아도 하나 즐겁지 않을
뿐더러 당신이 알고 싶어 하는 것은 그 이후의 일일 테니까요.

자, 온갖 우여곡절을 거쳐 도르곤이 보낸 칙서가 드디어 효종 손

에 들어왔어요. 우리의 킹 효종은 떨리는 마음을 진정시키기 위해 손바닥으로 가볍게 가슴을 문지르고는 마침내 칙서를 펼쳐 읽었습니다. 위협과 협박으로 가득한 칙서가 당신이 좋아하는 그 고귀하고 아름다운 말로 가득한 《논어》라도 되는 것처럼 등 펴고 똑바로 앉아 읽고 또 읽었습니다. 칙서의 내용 중에서도 가장 많이 반복해서 읽은 것은 아무래도 다음 문장이었겠지요.

왕의 누이나 딸, 혹은 왕의 근족이나 대신의 딸 중에 참하고 덕행이 있는 자가 있으면 선택해서……

앞서도 말했듯 이 문장이 원하는 여성은 색과 덕, 재와 색을 고루 지닌 '요조숙녀'예요. 그러나 한 나라의 임금인 효종으로서는 색덕과 재색에 앞서(이를 싫어하는 남자가 어디 있겠어요? 그러니 어쩌면 하나 마나 한 말이지요. 그렇지만 안 하면 안 되는 말이기도 해요) 그러한 여성의 특정한 신분을 언급한 부분을 결코 간과할 수 없었겠지요. 도르곤이 왕의 누이나 딸을 가장 먼저 쓴 이유는 무엇이겠어요? 인간 심리를 언급할 필요도 없는 워낙 쉬운 문제이니 셜록 홈즈의 영혼의 짝인 왓슨도 침 한 번 퉤 뱉고는 단번에 답할 수 있을 거예요. 그래요, 중언부언하느라 그 뒤로 몇 줄 더 줄줄 적긴 했지만 핵심은 뭐니 뭐니 해도 왕의 누이나 딸이 가장 좋다는 거예요. 물론 효종의 당시 나이가 30대 초반이었음을 감안한다면 그 또래에서 몇 살 위아래로 왔다 갔다 할 누이보다는 어린 딸이 훨씬 더 좋다는 뜻일 것이고요.

이쯤 해서 조금 민망한 사실 하나를 밝히자면 이때 도르곤의 나이는 서른아홉이었답니다. 그래요, 당신 말대로 도둑놈이지요. 도둑놈치고는 개명한 도둑놈이지요. 왜냐고요? 서른 살도 더 차이 나는 여자, 딸보다 어린 여자와 재혼했다는 것이 무슨 자랑이라도 되는 양 파파라치, 페이스북, 트위터 다 동원해 사방에 떠들고 다니는 것이 요즈음 최신 트렌드니까요.

효종에게 딸이 없었다면 문제거리도 없고 고민도 덜했겠지요. 하지만 사는 것이 어디 그렇게 간단한가요? 안타깝게도 효종에게는 딸이 있었습니다. 한 명도 아니고, 두 명도 아니고, 세 명도 아니고, 네 명도 아니고, 다섯 명이나 있었답니다. 아, 놀라기는 아직 일러요. 사실은 다섯 명이 아니라 여섯 명이었거든요. 맏이인 숙신공주淑愼公主가 일찍 세상을 떠나는 바람에 다섯만 남은 거예요. 남은 다섯 명 가운데 숙안공주는 천만다행으로 이미 결혼을 했으니(네, 당신의 냉소적인 말대로 정말 다행인지는 잘 모르겠지만 말이에요) 선발 대상에 드는 공주는 네 명이에요. 여자 나이를 은근히 중요하게 여기

는 당신을 위해 특급 비밀인 나이 정보를 살짝 공개합니다. 두둥, 기대하셔도 좋습니다. 숙명공주叔明公主는 열한 살, 숙휘공주淑徽公主는 아홉 살, 숙정공주淑靜公主는 여섯 살, 숙경공주淑敬公主는 세 살! 어때요? 공주라고 해서 기대가 컸는데 막상 나이를 아니 좀 난감하지요?

이제 도르곤의 입장이 되어보기로 해요. 도르곤이 소아성애증에 변태가 아닌 이상 숙정공주와 숙경공주는 제외하는 것이 자연스럽겠지요. 그렇다면 열한 살인 숙명공주와 아홉 살인 숙휘공주가 남는데 자, 임시 도르곤 씨, 당신은 둘 가운데 누구를 고르겠어요? 아이코, 화내지 마세요. 그래요, 당신 말대로 고르고 말고 할 것도 없는 문제지요. 아무리 '영계'가 좋다지만 앞뒤 가리지 않고 무작정 달려들었다가 감방에 갇히는 신세를 면하기 위해서라도 어느 정도 지켜야 할 선은 분명히 있는 것이지요. 그러니 최소한 두 자리 수의 인생은 산 여자, 이팔청춘에 한 살이라도 가까운 숙명공주가 일순위겠지요.

당신과 내가 한 초딩 수준 숫자놀음의 결과를 정리하자면 이렇답니다. 황부 섭정왕이라는 도르곤의 절대적인 지위를 고려하면 파흘내가 조선 국경을 넘어온 순간 숙명공주는 본인의 의지와 무관하게 이미 도르곤의 비로 간택된 것이나 마찬가지란 뜻이에요.

하지만, 하지만 말이에요. 반전이 없으면 이야기가 도대체 무슨 재미가 있겠어요? 막장 드라마가 괜히 인기를 끄는 것이 아니에요. 반전에 또 반전, 반전에 또 반전이 우후죽순처럼 마구 일어나는 것이 막장의 세계지요. 하도 반전이 많아 애초에 하려던 이야기가 뭔지 헷갈리는 단점은 있지만 재미 하나면 다 용서되는 지랄 같은 세상이니 당신이 너그럽게 이해하기를 바랄게요.

효종은 조선의 임금이기에 앞서 아버지예요. 세상의 어떤 아버지가 자신의 딸을 이국異國으로 시집보내고 싶겠어요? 이국도 그냥 이국이 아니라 주변머리라고는 전혀 없는 놈들, 주변머리는 다 밀고 뒷머리만 남겨 질끈 묶은 헤어스타일의 오랑캐들이 말 타고 창 들고 사방으로 날뛰며 요순堯舜이 창시하고 우탕禹湯과 그 후계자들(쓰는 김에 당신이 좋아하는 공자도 넣어줄까요?)이 고고하게 받들어 모셔왔던 중화의 지극한 도를 저희들 멋대로 무너뜨리고 있는 끔찍한 이국夷國인데 말입니다. 효종 자신이 볼모로 잡혀 있으면서 수시로 이를 박박 갈았던(때로는 무서워서 혼뜨검이 났던, 때로는 더러워서 욕지기가 솟았던) 그 이국인데 말입니다. 그러니 숙명공주가 모두의 예상대로 단박에 간택을 받았다면, 전문가들이 우승 후보로 고른 팀이 매번 우승한다면, 이 이야기가, 야구가 도대체 무슨 재미가 있겠어요?

아, 반론이 있다고요? 야구는 끝날 때까지는 끝난 것이 아니라는 요기 베라의 명언대로 순탄대로로 잘나가다 8, 9회에 뒤집히는 것이 그리 괴이한 일도 아니지만 초장부터 외길로 달려가는 이 이야기에는, 다른 길도 딱히 없어 보이는 이 이야기에는 논리적으로 도무지 반전의 요소가 보이지 않는다고요?

쯧쯧, 일반적으로야 그렇겠지만 이 경우는 좀 달라요. 반전이 가능한 이유가 차고도 넘치지요! 왜냐고요? 효종은 임금이니까요! 전능한 킹이니까요! 단팥빵에는 단팥이 있듯, 군자에게는 요조숙녀가 있듯, 임금에게는 충신이 있는 법이니까요. 충신의 존재는 모든 것을 바꾸는 법이니까요! 그래요, 효종에게는 나업羅業이란 충신이 있었습니다. 얼마나 충신이냐면 효종이 꿀을 생각하기도 전에 로열젤리를 가져다 바치고, 소고기를 떠올리기도 전에 도가니탕 한 그릇을 바칠 정도로 효종의 마음을 효종보다 더 잘 아는 환관 나업은 파흘내가 술을 먹다 자랑하듯 살짝 비친 이야기 한 조각만 듣고서, 그러니까 칙서는 보지도 않고서 당장에 분위기를 넘겨짚고 제대로 뻥 한판을 쳤대요(그러니 앞 문장은 바꾸어야겠네요. "우리의 킹 효종은 떨리는 마음을 진정시키기 위해 손바닥으로 가볍게 가슴을 문지르고는 마침내 칙서를 펼쳐 읽었습니다"를 "우리의 효종은 마음을 들키지 않기 위해……"로요. 무슨 말인가 하면 효종은 칙서의 내용을 어느 정도 짐작하고 있었다는 이야기랍니다).

"우리 임금님에게 공주가 있기는 합니다. 그야말로 일흔 넘은 공자님도 한눈에 반할 요조숙녀지요. 그런데 다 좋은데 말입니다, 말똥구리 똥구멍 같은 지질하고 미미한 문제가 하나 있답니다. 그 공주의 나이가 두 살밖에는 안 됩니다. 물론 장래성은 있어 보이지요. 한 13, 14년만 기다리면…… 그래도 괜찮겠습니까?"

뻥 치고는 살 떨리는 뻥이 아닐 수 없지요. 포커로 치면 원 페어도 없는 놈이 상대방 에이스 패가 바닥에 당당하게 펼쳐져 있는 것을 보고도 눈 하나 깜짝 안 하고 올인한 것이나 마찬가지예요. 상대는 청나라 제일의 권력자인 황부 섭정왕의 칙서를 받들고 온 칙사입니다. 사안의 중대성을 감안할 때 스파이를 동원해 사전 조사를 마치고 왔을 가능성도 배제할 수는 없지요. 아, 그런데도 우리의 나업은 뻥을 쳤습니다. 그것도 눈 하나 깜빡하지 않고, 뒷걸음질을 치지도 않고, 목소리를 낮추지도 않고, 온몸에 힘을 주고, 여유가 가득한 얼굴로 당당하게. 안치환 노래처럼 당당하고 또 당당하게(그래서 남자 축에도 못 드는 환관 나업을 충신이라 한 것입니다)!

아무튼 중요한 것은 이거예요. 겁 없는 뻥은, 대담한 블러핑은 의외로 잘 먹히게 마련이라는 것. 앞뒤 가리지 않고 겁대가리 상실하고 무작정 달려들면 상대방이 '아, 저놈 자식, 바닥에는 클로버 2를 깔아놓았어도 손에는 에이스 두 장을 들고 있나보다' 하고 움찔하며 가진 놈이 먼저 피한다는 것. 파흘내가 딱 그 격이었어요. 파흘내는 뭣도 없어 볼 것도 없는 나업의 몸을 괜히 이리저리 훑어보며 한참 생각하는 척하다가는 슬쩍 카드를 접었답니다. 어차피 파흘내는 가진 패가 많은 인간이라 굳이 위험을 감수하며 올인할 필요는 없었거든요. 그래서 이렇게 말했답니다.

"공주가 어리면 아쉬운 대로 종친 가운데에서 고르는 방법도 있지 않겠느냐?"

4

남자 같지도 않은 남자 나업의 역사에 남을 충정 덕분에 효종은 몇 안 되는(?) 공주들에 대한 걱정일랑 한시름 놓고 그다음 순위인 '종친'에 집중할 수 있게 되었어요. 칙서에도 언급되어 있듯이 종친은 임금의 근족입니다. 이때의 '근'은 물론 가까울 근近입니다. 예, 당신 말대로 꽤 흥미로운 부분이에요. 효종과 무척이나 가까운(평소에는 남들보다 자신이 1촌이라도 더 가깝다는 것을 보이고 싶어 손가락으로 촌수를 헤아리며 안달복달했을 그들, 촌수를 줄이기 위해서라면 손가락이라도 꺾었을 그들) 그 근족들은 어떻게 했을까요? '아, 드디어 임금에게 충성을 다할 때가 왔다. 임금 덕에 뒤로 챙긴 것도 적지 않으니 그 은혜를 갚기 위해서라도 뭔가 모션을 취해야 하지 않겠는가? 이 나라의 종묘사직, 혹은 대대손손 계속해서 뒤로 챙길 권리를 보장받기 위해서라면 살집 많은 내 몸뚱이 하나 정도는 바쳐도 되지 않겠는가? 살집을 원하지 않는다면 어디서 곰이라도 잡아 그 뼈다귀를 대신 뽑아 바치면 되지 않겠는가?' 하는 들보잡식 장광설과 함께 결연히 자리를 박차고 일어나 순순히 딸을 내놓았을까요?

당신이 웃네요. 예, 당연히 그렇지 않았겠지요. '근족'들이 단체로 그런 우국충정을 지녔다면 우리는 아직도 조선(어쩌면 진짜 '헬조선')에 살고 있겠지요. 종친들이야말로 '눈치학'의 대가예요. 그들은 효종이 나업의 입을 빌어 뻥친 것을 두 눈으로 똑똑히 보고 두 귀로 똑똑히 들었어요. 설마 먹힐까 염려했던 그 뻥이 완벽하게, 아름답게 먹혀든 것도 확인했어요. 그렇다면 임금을 하늘같이 공경하는 종친들, 임금을 닮고 싶어 안달하는 근족인 그들이 어떤 전략을 썼겠습니까? 그렇지요. 당신이 고심하다 입 밖에 낸 "악화는 양화를 구축한다"는 말 그대로 그들은 나쁜 것부터 배우는 말썽꾸러기 아이가 되어 곧바로 뻥치기 잔치에 동참했지요. 포커의 족보도 모르면서 블러핑에만 눈을 뜬 종친들은 성령의 지시라도 받은 듯 바닥에 깔린 패 따위는 보지도 않고 입 맞추어 이렇게 답했습니다.

"어이합니까? 제게는 단 한 명의 딸도 없습니다."

참으로 대담하지요? 며칠 전까지만 해도 딸이 있었는데, 더는 그 딸이 있지 않게 되었다고 했습니다. 하늘·땅은 며칠 전과 하나 달라지지 않았는데, 별에서 유에프오UFO가 온 것도 아닌데, 바다에서 인어가 튀어나온 것도 아닌데, 있던 딸만 더는 있지 않게 되었다고 했습니다. 그러면서도 그 표정들은 어찌나 당당했던지(이 전략은 나업에게 배운 것이겠지요!) 종친의 딸과 야밤에 몰래 만나 염정을 나누었던 경화세족의 망나니 자제들도 '아, 그러면 그때 그 여자는 딸이 아니라 종이었나? 어쩐지 앞뒤 가리지 않고 녹슨 대포처럼 비틀거리며 마구 달려들더라니' 하고 자신을 의심할 정도였습니다.

뜻밖의 곳에서 난관에 봉착한 효종은 어떻게 해야 할까요? 배우기도 참 빨리 배운 종친들의 뛰어난 학습 능력을 흐뭇한 웃음과 함께 칭찬한 뒤 그럼, 하고 다음 순위인 대신의 딸로 넘어가면 될까요? 당신 같으면 그러했겠어요? 아랫것들이 실실 쪼개며 당신 말에 조직적으로 반기를 드는 꼴을 보고(일은 더럽게 못하는 것들이! 전쟁 때는 속수무책이던 것들이!) 그냥 넘어갔겠어요? 그럴 리가 없겠지요? 그렇게 했다가는 회사꼴, 나라꼴이 어떻게 되겠어요. 그런 놈들은 절대 그냥 두면 안 되지요.《경국대전經國大典》이고, 사규고, 헌법이고 다 무시하고 물대포 불대포 다 동원해 꽉꽉 쏴주고 밟아주어야지요!

효종은 분노, 대노, 격분했습니다. 울화통이 터졌습니다. 치를 떨었습니다. 왜냐고요? 공주와 종친의 딸을 도매금으로 취급하는 이 비윤리적이고도 부당한 현실을 효종으로서는 결코 용납할 수 없었기 때문입니다. 근족이면 근족답게 행동해야 하지 않겠어요? 왕과 똑같이 행동할 바에는 같을 동을 쓰는 동족同族이라 부르지 왜 가까울 근을 쓰는 근족近族이라 부르겠어요? 대충 검어 보인다고 다 까마귀라고 우긴다면, 덩치도 작고 가슴에 흰 털이 삐죽삐죽 튀어나온 사이비들이, 까치와 까마귀의 야합 혼혈종으로 보이는 것들이, 그러면서도 그 흰 털을 제대로 숨길 줄도 모르는 요령부득, 눈치 꽝인 인간들이 그저 검은 털이 흰 털보다 조금 더 많다는 이유로 자기들도 까마귀라고 우긴다면, 그것이 과연 합당한 일이겠어요?

예, 당신 말이 맞아요. 그럴 때는 강하게 나가야 해요. 절대 봐주면 안 돼요. 그래서 가슴속에 분노를 품은 효종의 말투는 청유형에서 명령형으로 바뀌었답니다. '이 나라의 안위를 위해 딸을 내놓으면 어떻겠느냐?'에서 '이 나라가 망하는 꼴을 보고 싶지 않거든, 네 놈들 모가지가 땅바닥에 떨어진 것을 지옥 불에 착륙한 네 혼령의 눈으로 직접 보는 《삼국유사三國遺事》식 신이神異를 느끼고 싶지 않거든, 당장 딸을 내놓아라'로 살짝, 아주 살짝 바뀐 것이지요(예, 당신의 지적이 맞아요. 원래의 청유형도 사실 청유는 아니었지요. 무식한 근족

놈들이 효종의 부드러운 말투 때문에 착각한 것이지요).

그래서 어떻게 되었느냐고요? 다 알면서 묻는 당신의 질문이 참 재미있네요. 뭣도 모르고 까불던 아랫것들이 당하는 모습을 빨리 보고 싶다는 뜻이겠지요. 당신을 위해 더 지체하지 않고 말할게요. 종친들의 목숨은 하나가 아니고 두 개랍니까? 뻗댈 때는 뻗대다가도 임금의 심기가 조금이라도 불편해 보인다 싶으면 재빨리 고개를 숙이고 손가락을 빨아대는 똥개 짓도 마다하지 하는 것이 바로 종친들의 디엔에이DNA에 36대 전부터 새겨 있던 속성이에요. 자신들은 손 내밀어 부정하겠지만 거시기 없는 나업보다 백배, 천배는 더 비겁한 인간들이지요. 뻥을 끝까지 미는 그릇된 기개조차 갖추지 못한 덜 떨어진 인간들이란 뜻이에요. 그런 그들이 설마 딸 하나 때문에 죽음까지 불사했겠어요? 그럴 리가 없어요. 그러면 충신이지 종친이 아니지요. 그런 마당이니 그 인간들은 하나같이 소중한 모가지를 두 손으로 꼭 잡고 명령에 따랐겠지요.

그렇긴 해도 최후의 자존심 하나쯤은 그 뜨뜻미지근한 핏속에도 흐르고 있었던 모양이에요. 무슨 말이냐고요? 의도하지 않았는데도 괜히 입이 삐쭉삐쭉 나오는 기묘한 증세가 하나도 아니고 둘도 아니고 거의 모두에게 나타났거든요. 마치 내가 못마땅할 때면 아랫입술을 살짝 비트는 것처럼 말이에요.

이쯤 되니 명령을 내리는 위치인 효종으로서도 입맛이 꽤 썼겠지요. 마지못해하면서 명령을 따르는 것을 보는 것도 꼴사나운데 거기다가 제 몸도 제어하지 못하고 물 떠난 금붕어처럼 입을 삐쭉삐쭉 내미는 그 못난 모습들까지 감추지 않고 아예 과시들을 하고 있으니 관람자로서의 심정이 과히 좋지는 않았다는 뜻이에요. 게다가 추상같은 명령을 내리기는 내렸지만 효종의 마음도 마냥 편안한 것은 아니었어요. 그것이, 국토개발 5개년 계획에 대놓고 포함하기에는 좀 민망한 명령이잖아요? 그런 까닭인지 효종에게도 새로운 증상 하나가 나타났지요. 모기에 물린 것도 아닌데 괜히 옆구리가 간지럽고, 그 간지러움을 도무지 참을 수가 없어 손톱 세워 박박 긁어도 당최 시원하지가 않은 거예요. 희귀병이냐고요? 당신도 참, 그걸 농담이라고 해요? 그 이야기는 못 들은 것으로 할게요.

　나는 이렇게 생각해요. 효종이 모질지 못해서 그런 것이라고요. 무슨 말이냐고요? 북벌이니 뭐니 하는 계획을 집요하게 오래도 세운 것을 보면 꽤 모진 인간이 아니냐고요? 아, 그 잘난 북벌에 대해 한마디 하고 싶지만 그러면 또 삼천포로 빠져야 하고 이 이야기는 엉망진창이 될 테니 자제하고 내 생각만 말할게요. 내가 아는 효종은 윤리 책에 실릴 정도는 아니지만 그렇다고 인간 망종도 아니에요. 비록 형이 차지했어야 할 임금 자리를 대신 차지하고 앉기는 했어도 양심을 밥에 말아먹고 모른 체하는, 국민들을 전쟁의 구렁텅이로 몰아넣고도 전혀 미안해하지 않는, 제 아들을 제 손으로 죽이고도 그런 일 없다 딱 잡아 둘러대는 인 아무개 임금(예, 당신 말대로 원래는 임금이 될 자격도 없는 인간이었지요) 같은 그런 막되어 먹은 인간은 절대 아니거든요.

그러면 효종은 이 난처한 상황을 어떻게 극복했을까요? 도대체 무슨 묘수를 썼을까요? 예, 역사는 살펴보면 살펴볼수록 신기해요. 난세에는 꼭 충신이 난다니까요, 무슨 법칙이라도 되는 것처럼. 아무튼 내 결론은 이래요. 형광등이 깜빡거려야 엘이디LED 등의 가치가 빛나는 법이고, 모진 추위가 다가와야 몽클레르 프리미엄 오리털 파카가 위력을 발휘하는 법이고, 하늘을 자주 보아야 똥 별 하나라도 딸 수 있는 법이고, 난세가 되어야 충신이 나는 법이에요.

자, 효종의 입안이 월나라 왕 구천句踐이 씹다 뱉은 웅담을 씹은 것처럼 씁쓸했던 그즈음 효종의 옆구리를 시원하게 긁어주고 종친들의 입을 탁탁 쳐 원위치로 복귀하게 만든 해결사가 바람과 같이 짠, 하고 나타났습니다. 그 사람의 이름은 바로 금림군 이개윤李愷胤이에요. 이개윤은 황부 섭정왕 도르곤과 함께 당신이 꼭 기억해야 할 사람이지요. 구름이 달을 가려 몹시 어두웠던 밤, 하늘도 효종을 따라 깊은 근심에 빠지는 흉내를 냈던 그 답답했던 밤, 이개윤은 은밀히 효종을 찾아와 이렇게 말했대요.

"신에게는 자색이 뛰어난 딸이 하나 있습니다."

충무공 이순신李舜臣은 명량해전을 앞두고 이렇게 말했다지요.

"신에게는 아직 열두 척의 배가 남아 있습니다."

사실은 열세 척이라고요? 그거야 당신 기분 내키는 대로 생각하세요. 내가 취하려는 것은 수컷들이 똥폼 잡고 경건한 체하는 분위기지 숫자 놀음은 아니니까요(그 분야 대표주자로 미국에 〈대부〉가 있다면 한국에는 '이순신'이 있지요). 자, 우리 새로운 영웅 이개윤은 이순신을 경모했는지도 모르겠어요. 그래서 칼 대신 막대기 하나 들고는 듣는 이가 숙연해질 수밖에 없는 그 말을 강약을 조절해가며 수십 번, 수백 번 연습해왔는지도 모르겠어요. 설마 그러했겠느냐고 이번에는 아예 노골적으로 나를 비웃는군요. 그래요, 당신이 에이, 소리와 함께 비웃는 것은 당연해요. 당신 말대로 그럴 리는 없었겠지요. 효종은 이개윤을 독대하지도 않았을 것이고, 이개윤은 충무공을 흉내 내지도 않았겠지요. 어쩌면 이개윤은 빼빼 마른데다가 목청도 내시 못지않게 가냘픈 인간이었을지 몰라요. 꼴에 골수 종친답게 선조 임금이 싫어했다는 이유로 이순신을 무지막지하게 미워했던 덜 떨어진 인간이었을지 몰라요(이순신 영웅 만들기 작업이 본격적으로 시작된 것은 정조正祖 때였으니 어쩌면 이쪽이 더 실제와 가까울지도 모르겠어요). 하지만 내 상상속에서 이개윤은 늘 전쟁을 앞둔 이순신처럼 비장한 얼굴을 하고 나타나 칼이 아닌 막대기로 제 몸을 받치며 꼭 고장 난 레코드판처럼 신에게는 자색, 자색, 자색이, 딸, 딸, 딸이 운운하는 말을 수십, 수백 번, 수천 번, 아니 무한반복하고 있으니 도대체 이를 어쩌면 좋지요?

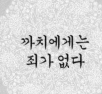

까치에게는
죄가 없다

작자 미상의 《산성일기山城日記》에는 까치가 주인공으로 등장하는
대목이 있다. 인조 14년(1636) 12월 29일 기록이다.

행궁 남쪽에 까치가 둥을 트니 사람마다 이를 바라보고 길조라 했다.

인조 15년 1월 11일 기록도 꽤 유사하다.

산성에 들어오신 후에 성안에 까마귀와 까치가 없었는데 이날은
많이 들어오니 사람들이 길조라 했다.

1월 30일에 인조가 남한산성을 나가 삼전도에서 머리 탕탕 박고
항복을 했으니 도를 넘은 낙관적인 기록에 어처구니없어 헛웃음을

짓는 이들이 적지 않겠다. 망조를 길조로 착각한, 망조의 위기에 처했으면서도 실질적인 조치 대신 길조 따위에 의지하려 한 우리 조상들의 처지를 비웃거나 동정할 수도 있겠다.

그럼에도 나는 이렇게 말하련다.

"단언컨대, 까치는 길조입니다."

그렇다면 논지를 제시해야 할 터. 그래서 나는 당신을 부쿠리 산 기슭의 불후리 연못가로 인도하려 한다. 연못 안에는 자색을 갖춘 세 여성이 목욕을 하고 있다. 하늘에서 내려온 이 여성들의 이름은 엉굴런恩庫倫·정굴런正庫倫·퍼쿨런佛庫倫이다. 이 어색한 런 자 돌림 여성들 가운데 퍼쿨런만 기억하면 된다. 연못 주위에는 퍼쿨런의 옷이 있고, 그 옷 위에는 붉은 과일이 놓여 있다. 그 과일의 이름이 무엇인지 묻는다면 나는 대답할 수 없다. 부쿠리 산이 어딘지도 모르는 나는[11] 당신의 당연한 질문에도 결코 답할 수 없다. 그러니 당신은 불만이 있더라도 붉은 과일이라는 내 표현에 적당히 만족하고 이야기를 들어야만 한다.

퍼쿨런이 연못에 들어갔을 때는 붉은 과일이 없었다. 그러니까

---

11 《만주실록滿洲實錄》에서는 부쿠리 산을 장백산(백두산)이라 설명한다. 《대청제국》에 나오는 이야기다.

그 붉은 과일은 퍼쿨런이 연못에서 목욕을 즐기는 도중에 놓인 것이다. 그렇다, 까치다. 붉은 과일을 가져다놓은 것은 까치다. 당신이 주위에서 흔히 볼 수 있는 까치지만 그 실상은 다르다. 그 까치는 평범한 까치가 아니라 까치의 모습을 한 신이다. 이쯤에서 당신은 내가 하려는 이야기가 어떤 식으로 전개될지 눈치챘을 것이다. 조금만 참으시기를. 이왕 시작한 이야기니 끝을 낼 기회를 부디 내게도 주시기를!

목욕을 마친 퍼쿨런은 붉은 과일을 손에 들고 경탄했다. 어쩌면 이렇게도 예쁠까! 나올 곳과 들어갈 곳이 선명하게 드러난 벗은 몸으로 경탄하기가 민망해서 옷을 입는데 붉은 과일을 둘 곳이 마땅치가 않았다. 그래서 입에 물었다. 베어 문 것도 아니고 그저 잠시 입에 물었다. 붉은 과일은 기다렸다는 듯이 퍼쿨런의 목구멍 속으로 들어가 위장으로 직행했다. 붉은 과일의 약효는 바이엘 아스피린보다 수백 배, 수천 배 더 빠르다. 퍼쿨런의 몸은 이내 무거워졌다(이 말의 뜻을 당신은 잘 알겠지!). 몇 달 후에 사내아이가 태어났다. 아이가 장성하자 퍼쿨런은 아이를 불러놓고 신의 뜻을 전한다.

"너는 누구냐, 네 부모는 누구냐, 이름과 성은 무엇이냐, 라고 물으면 이렇게 답을 해라. '나는 불후리 연못가에서 태어났다. 내 이름은 부쿠리 용숀佛庫里雍順이고 성은 아이신 기오愛新覺羅로, 아버지는 없다. 어머니는 하늘의 세 따님 가운데 한 분인 퍼쿨런이다. 그 또한 하늘의 신인 까치가 내 영혼이었던 붉은 과일로 바뀌어 내 어머니를 통해 태어나게 한 것이다.'"

이야기는 길다. 그러나 나는 그 뒤로 이어지는 복잡다단한 이야기는 생략하고 당신에게는 여기까지만 들려주려 한다. 다만 누르하치의 성이 아이신 기오로愛新覺羅라는 사실만 밝히고 넘어가려 한다. 그러했기에 훗날 성대중成大中이 자신의 저서에서 누르하치를 언급하며 "청나라의 선대에 영험한 까치의 상서가 있었으니"라고 적었다는 사실만 밝히고 넘어가려 한다.[12]

---

12   성대중이 쓴 《청성잡기青城雜記》를 말한다. 사실 성대중은 누르하치와 까치의 인연을 보다 적극적으로 해석하고 있다. 누르하치의 아버지 탁시塔克世는 아들의 이름을 노작老鵲이라고 지었다. 노작은 '늙은 까치'라는 뜻이다. 늙은 까치가 있으면 젊은 까치도 있는 법. 아니나 다를까, 누르하치의 동생인 쑤르하치速兒哈赤는 소작小鵲이다. 성대중의 주장인즉슨, 탁시는 아들의 이름을 조선말에서 따서 지었다는 것이다. 그러니까 이들 이름을 중국어로 음역한 것이 바로 누르하치·쑤르하치速兒哈赤라는 것이다. '믿거나 말거나'에 가까우나 나름대로 흥미로운 대목이기는 하다. 누르하치와 까치의 인연은 이름만이 아니다. 또 다른 '믿거나 말거나'에 따르면 어린 시절 고아가 된 누르하치는 이성량李成良의 집에 머문 적이 있었다(누르하치는 고아도 아니었을 뿐더러 이성량이 누르하치의 아버지와 할아버지를 죽인 인물이라는 점을 감안한다면 개연성이라고는 전혀 없는 설정이다). 이성량이 자신을 죽이려고 마음을 먹은 사실을 안 누르하치는 말에 올라타 줄행랑을 쳤다. 그러나 간만의 과로를 견디지 못한 말이 얼마 달리지 못하고 죽었다. 들키기 직전에 누르하치를 살려준 것은 바로 까치였다. 한 무리의 까치 떼가 누르하치를 둘러싸 보이지 않도록 한 것(그것이 더 눈에 띄지 않을까 하는 의구심은 충분히 드는 장면이다). 까치 덕분에 죽다 살아난 누르하치는 나중에 까치를 수호신으로 삼았다고 하는 이야기다. 아

다시 말하지만 까치는 길조다. 우리 조상도 까치를 보고 길조라 했고, 누르하치의 조상도 까치를 보고 길조라 했다. 까치를 대길의 상징으로 여기는 두 민족이 맞붙었다. 당신이 까치라면, 무승부가 용납되지 않는 경기라 박빙이었음에도 어쩔 수 없이 한쪽 손을 들어주어야만 하는 난처한 처지라면 누구 편을 들었겠는가? 아무래도 붉은 과일을 문 까치라는 신화적 배경을 지닌 쪽이 남한산성에 죽치고 앉아 말싸움만 주고받으며 잔뜩 충혈된 눈으로 되지 않은 시선만 준 쪽보다는 더 매력적으로 느껴지지 않았겠는가?

무튼 까치에 있어서는 인조가 우선권을 주장하기가 결코 쉽지 않음을 보여주는 이야기들이다.

제2장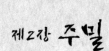

경연經筵가 물었다.
"처자의 사람됨이 어떻습니까?"
상上이 답했다.
"극히 주밀周密하다."
— 《승정원일기承政院日記》, 효종 원년 3월 23일

청사는 내전으로 들어가 다시 종친의 딸들을 보고는 한참 후에 나와 이와 같이 말했다.

"열여섯 살 여자는 행장을 꾸리고, 열세 살 여자는 궁중에 그대로 있게 해 기르면서 대기하게 하세요. 나머지는 모두 내보내십시오. 아, 여자를 데리고 갈 때는 대군大君도 같이 가야 합니다."

상이 근심 어린 얼굴로 이렇게 답했다.

"소상小祥이 얼마 안 남았는데, 갑자기 이런 행차를 하면 정리情理상 망극하오. 내가 바로 대군이고 대군이 바로 나인데 정이 어찌 다르겠소이까?"

몇 차례 말을 주고받은 후 청사가 결론을 냈다.

"대군과 대신, 모두 행장을 꾸리게 하십시오. 상제祥祭가 지났으면 대군이 가고, 지나지 않았으면 대신이 가면 됩니다."

당신도 잘 알다시피 화주火酒 한 잔, 정말 간절할 때가 있지요.

효종은 정말 화주 한 잔 들이켜고 싶었을 거예요. 인물 됨됨이로 볼 때 국가대표 목록에 올라 있기는커녕 상비군 후보에도 없었던 이개윤의 갑작스러운 이순신급 충정에 목울대가 확 뜨거워진 것은 좋은 일이었어요. 꼭 아궁이에 꼭꼭 숨어 있던 선대왕의 황금 덩어리를 우연히 발견한 기분이었겠지요. 그런데 무엇이 문제냐고요? 충정은 받아들이고 황금 덩어리는 '인 마이 포켓' 하면 그만이지 도대체 무엇이 문제냐고요? 당신도 대충은 짐작하고 묻는 것이겠지만 그래요. 이 일의 의미는 사실 반대로도 생각할 수 있어요. 무슨 소리냐 하면, 이개윤 따위 인간에게 목을 매야 한다는 것은 평소에 어깨 두드려가며 믿음을 주었던 인간들은 정작 나서야 할 때 나서지 않고 하나같이 뒷짐만 쥐었다는 뜻이 되니까 말이에요.

효종은 목울대와 속이 각각 다른 이유로 뜨겁게 끓고 있으니 신체 흐름을 원활하게 만들어주기 위해서라도 정말 독한 술 한 잔 생각이 간절했겠지요? 그렇게 간절한데 마시지 않을 이유가 무엇이냐고요? 업무 시간도 아닌데(특수 신분이라 업무 시간이라도 별 상관은 없겠지만), 금주령이 위세를 떨치던 콤플렉스 덩어리 영조英祖 임금 시절은 아직 오지도 않았는데, 그까짓 것, 잔에 가득 부어서 사나이답게 확 마셔버리면 되지 않느냐고요? 술 가져오너라, 한마디면 조니워커 블루니 로얄 살루트니 레미 마르탱이니 우량예니 이강주니 하는 국내외 미주를 가리지 않고 금잔에 담아 대령할 텐데(물론 이몽룡이 읊은 대로 금준미주金樽美酒는 공짜가 아니라 천인혈千人血로 제조한 것이지만) 도대체 무엇을 주저하냐고요? 하지만 그렇게 간단히 끝날 문제였다면 당신한테 이 말을 꺼내지도 않았겠지요!

우리 효종 임금님은 글쎄 음주가무든 피부시술이든 음풍농월이든 무엇이든 마음대로 할 수 있는 특수 신분임에도 그 간절한 술 한 잔을 입에 털어 넣을 수가 없었답니다. 잘 들으세요. 여기에는 진짜 사나이다운 멋진 이유가 있어요. 효종은 임금 자리에 오르면서, 그러니까 원래는 형이 올라야 했을 임금 자리에 황소개구리마냥 단번에 폴짝 뛰어올라 엉덩이 털썩 붙이고 앉으면서 **이놈의 술, 다시는 안 마시리라,** 하고 굳게 결심했거든요.[1] 그러니 정확히 말하자면 효종은 술 한 잔을 털어 넣을 수가 없었던 것이 아니라 자신의 의지를 총동원해 털어 넣지 않은 것이지요(강제가 아닌 자율의 힘으로요!). 그런 효종이기에 그날 밤 술 한 잔이 간절했어도 효종은 분명 맨 정신으로 긴 밤을 홀로 지새웠을 거예요.

도대체 술도 마시지 않으면서 긴긴 밤을 무엇을 하고 보냈냐고요? 대조선국의 임금인 효종은 고민, 고민, 또 고민을 했습니다. 뜨거운 술 대신 차가운 물만 거푸 들이켜며 밤새 고민, 고민, 또 고민

---

1   효종 원년 10월 23일의 실록 기사에 등장하는 효종의 말은 이렇다.
"태묘가 어떠한 곳인데 술에 취해 일을 살피지 않는 자까지 있단 말인가? 그런 놈들에게는 큰 벌을 내려야 한다. 내 일찍이 심양에 있을 때에 술을 가까이한 적이 많았던 것은 경들이 잘 알 것이다. 그러나 임금이 된 후로는 술을 뚝 끊었다. 저들이 만약 정숙하고 공경히 일을 받들겠다고 마음먹었다면 잠시 동안 술을 마시지 않는 것이 뭐가 그리 어렵겠는가?"
호조판서 원두표元斗杓의 반응이 재미있다(원두표의 이름은 기억할 필요가 있다. 비중 있는 조연인 그의 이름은 앞으로도 자주 등장한다).
"여러 신하들이 오늘 친히 하교를 받들었습니다. 앞으로 다시 술을 드시게 되면 신들은 마땅히 술잔을 깨뜨리고 간쟁할 것입니다."
물론 가만히 당하고 있을 효종이 아니었다.
"경의 말이 좋다. 내가 마시지 않을 것을 이 집을 두고 맹세한다."
효종이 파흘내를 만난 것은 3월이니 엄밀히 따지면 본문 내용은 사실에 부합하지는 않는다. 그러나 효종 스스로 임금이 된 후로는 술을 끊었다고 했기에 그대로 두었다.

을 했습니다. 그 깊은 고민의 결과가 다음날 대신들을 향한 첫마디가 되어 베토벤 교향곡 5번보다 더 장엄하게 빠바바밤 터져 나오지요. 효종이 창작한 장엄 교향곡에서 코러스와 함께 부르는 아름다운 노래의 가사는 이렇습니다.

"칙사의 매서운 눈길이(잠깐 쉬고!) 날카로운 침이 되어 혈도 아닌 곳들을 제 기분 내키는 대로 마구 찌르는 기분이라오(비통한 표정으로 손을 들고!). 그런데도 아직까지 칙사의 구미에 맞는 처녀들을 다 구하지도 못했으니(정면을 똑바로 보고!) 이 난감하고 비통한 일을 도대체 어쩌면 좋겠소?"

2

강이 흐릅니다. 침묵의 강이 흐릅니다. 엔도 슈사쿠遠藤周作식의,[2] 진정한 참회가 동반된 깊은 강이 아니라 겉보기에만 강 같은(인조 하천인 청계천이 좋은 사례지요), 그저 찍히지 않기 위해 입 다물고 싶어 하는 이들이 만든 가짜 침묵의 강이지만요. 당신도 짐작하겠지만 산전수전, 거기에 공성전에 도주전까지 파전 부치듯 두루 섞어 겪고도 살아남은 대신들은 절대 우습게 볼 인간들이 아니에요. 이 인간들 또한 살아 있는 처세 교과서들이거든요. 그러니까 임금이 무엇을 물어보면 지체하지 않고 대답해야 하는 게 아니냐고요? 그

---

2   일본 소설가다.《침묵》,《깊은 강》등을 썼다.

래요, 카네기 처세 전집 제3권 7장 18절에도 분명히 기록되어 있지요. 상대가 원하는 대로 다 해주면 지는 거예요. 대신들은 먼저 말하는 놈이 총대를 멘다는 것을 뼛속 깊은 곳에 자리한 갓 분열된 염색체 세포 한 조각으로도 진하게 느끼는 족속들이에요. 그래서 난데없이 궁궐에 장영실蔣英實이 만든 그 어떤 정교한 수표로도 수심을 측량할 수 없는 가짜 깊은 강 하나가 새로 생겨난 것이지요. 적당한 포즈는 필수니 다들 고뇌에 찬 인간처럼 보이기를 애쓰면서 말이에요.

그런데 이게 웬일입니까? 여간해서는 깨지지 않을 것 같던 그 침묵의 흐름을 개무시하고 떡하니 입을 여는 자가 있네요. 가짜 강을 진짜처럼 보이게 하려고 다들 무지무지하게 애들을 쓰는데 주책없이 나서서 떠드는 인간이 있네요. 《벌거벗은 임금님》 동화에 나오는 그 어린애처럼 말이에요. 눈치라고는 하나도 없는 인간이 도대체 누군지 궁금할 테니 그가 종부시 제조 오준吳竣이라는 사실은 여기서 분명하게 밝히고 넘어갈게요.

"금림군 이개윤이 말하기를 자신의 딸에게 자색이 있다고 합니다. 선택을 하시면 좋을 듯합니다."

효종은 어떻게 했을까요? 효종은 눈썹을 한껏 위로 들어 올려 살짝 놀란 표정을 연출한 후 곧바로 고개를 대여섯 번 연속으로 경망스럽게 끄덕거렸답니다.

"이미 들라 했다."

당신도 이 대목에서는 고개를 갸웃하는군요. 그렇지요. 사기꾼이나 다를 바 없는 정치꾼들의 문답이(청문회를 한 번이라도 보았으면 알 거예요) 일반 대중의 상식과는 180도 다르다는 것을 감안해도 참으로 이상한 문답과 행동이 아닐 수가 없어요. 종부시 제조라는 자가 엄숙한 분위기 하나 파악하지 못하고 출싹대며 나서서 입을 연 것도 그렇고, 그 말이 하필 자색 운운하는, 뒤로는 젊은 여자애들과 물고 빨고 온갖 짓을 다하면서도 돌아서면 성폭력 근절을 입에 달고 근엄 꼰대 모드로 일관하는 정치꾼들이 극력 회피하는 '자색'이란 단어를 대놓고 사용한 것도 좀 그렇고, 그 말을 들은 효종이 누가 보아도 연출인 것이 분명한 살짝 놀라는 표정을 지으면서도 입으로는 표정과는 반대인 이미 들라 했다, 는 말을 북 치고 장구 치듯 천연덕스럽게 내뱉는 것도 좀 그래요.

그들의 문답보다 더 이상한 것은 그 말을 주고받은 장소예요. 앞서도 당신에게 말했지만 효종은 근족인 종친 처녀들 가운데 적당한 여성을 선발해야 하는 문제 때문에 골머리가 빠질 지경이지요. 그런데 지금 모아놓은 이들은 누구지요? 그래요, 대신들입니다. 근족이 아니라 대신들. 아직 딸을 내놓을 순서가 되지도 않은 대신들을 모아놓고는 종친 이개윤의 자색이 있는 딸을 확보했다고 대뜸 말하는 것입니다. 당신이 보기에도 이상하지요? 그래요, 당신 짐작이 맞아요. 우리의 진짜 독한 사나이 효종은 '쇼'를 하고 있는 것이에요. 그것도 100미터 떨어진 곳에서도 코만 들이대면 누구나 냄새를 맡을 수 있는 '더럽게 구린 쇼'를 말이에요.

다른 것은 다 제쳐두고 종부시 제조 오준이 총대를 메고 나서는 것이 가장 결정적인 증거예요. 종부시가 어떤 곳인 줄 아세요? 왕실의 족보를 편찬하고 종친들의 일들을 맡아서 처리하는 곳이라고요. 한마디로 말해 종친들의 공식 아지트지요. 종부시 제조 오준은 효종이 겉 다르고 속 다른 종친들을 감시하라고 파견한 일종의 대리인이고요. 그런데 그 대리인이 침묵을 미덕으로 아는 대신들의 회의석상에서 불쑥 종친 이개윤이 자색 있는 자신의 딸을 기꺼이 내놓았다는 사실을 밝힌 것이에요. 이쯤 되면 세상물정을 잘 아는 당신은 이미 돌아가는 꼴을 파악하겠지요? 효종이 괜히 밤새 차가운 물만 들이켠 것이 아닙니다. 효종이 바보라서 이개윤과는 하나 상관없는 대신들 앞에서 번지수 잘못 찾은 헛소리를 하고 있는 것도 아닙니다. 효종은 사실 대신들의 머리 꼭대기에 올라가 앉은 노련한 정치꾼입니다. 효종 또한 산전수전 공성전에 납치전까지 다 겪은 사람이고, 성동격서의 대가기도 합니다.

그렇다면 효종이 노린 것은 무엇일까요? 대신들, 머리가 케이티 엑스KTX보다 서너 배 빠르게 움직이는 이 대신이라는 작자들이 과연 임금이 한, 이치에 닿지도 않는 엉뚱한 말을 그냥 가슴속에 두기만 했겠어요? 임금 앞에서는 침묵, 또 침묵이지만 밖에 나가면 오래 참았던 설사 똥처럼 빠르고 푸지게 말을 쏟아내는 이들이 바로 그들입니다. 요란한 소리와 함께 더러운 냄새를 팍팍 풍기는 주제에 임금만 없으면 세상에서 제일 잘났다고 믿는 존재들이 바로 그들입니다(일부 대신들은 물론 임금보다 자신이 더 잘났다고 생각했지요. 임금은 자신들의 경지에 이르려면 아직 한참 더 배워야 한다고 생각했지요. 송자宋子라는 '자' 자 돌림의 민망한 별칭까지 있는 송시열宋時烈 같은 이들의 언행을 생각해보면 되겠어요). 그 잘난 그들이 번지수가 어긋나도 한참 어긋난 것처럼 보이는 임금의 소리를 듣고 그냥 가만히 있기만 했겠어요? 그럴 리가 없겠지요.

대신들은 괜히 대신들이 아닙니다. 눈치 백단인 그들은 임금의 뜻을 귀신같이 알아차렸어요. 똥 마려운 임금이 자신들의 장기인 '다변(똥과 말 가운데 어떤 다변인지는 문맥으로 추측하기를 바랄게요!)'을 필요로 한다는 것을 오준이 총대 메고 나서자마자 곧바로 알아차렸어요(그러면서도 짜고 치는 고스톱식의 문답이 오고가는 동안 숨결까지 단속하면서 침묵을 고수한 이들이 바로 대신들이에요!). 대신들은 맡은 바

임무를 충실히 수행했어요. 종친들이 잘 다니는 길목에 끼리끼리 모여 있다가 목표물이 포착되면 일부러 모른 척 고개를 돌리고 다들 한마디씩 뱉어냈겠지요.

"이개윤의 딸에게 자색이 있다며?"

"자색 있는 딸을 주변머리 없는 놈에게 보낸다며?"

"이개윤, 모자란 놈인 줄 알았는데 제대로 충신이네."

"완전 '세상에 이런 일이' 한 편 찍은 거네. 지금까지 어디서 무엇을 하고 있었대?"

"이순신 몰라? 원래 충신은 운동장에서는 안 보이는 불펜에서 몸을 풀고 있다가 위기 상황이 되어서야 오픈카 타고 구원 등판에 나서는 법이지."

"이 나라의 종친이라면 이개윤처럼 해야 되는 것이 아니야?"

"그러게 말일세. 하! 다른 놈들은 받아 처먹기만 하고 도무지 내놓지를 않네. 그러다 설사 똥 뿌지직 싸는 것은 아닐까? 바지에 똥 칠하는 것은 아닐까? 그 똥을 제 면상에 처바르는 것은 아닐까?"

지나가던 종친들은 손바닥으로 세게 얻어맞은 것도 아닌데 괜히 등짝이 따끔했겠지요. 아침에 뒷간에 잘 갔다 왔음에도 엉덩이가 덜덜 떨렸겠지요. 이제 효종이 '코믹 호러 쇼'를 벌인 까닭을 알겠지요? 효종은 사실 대신들이 아니라 종친들에게 토르의 망치를 날리며 무지막지한 경고를 한 거예요.

"(그저 그런) 이개윤도 딸을 내놓았다. (내 기대를 받았던) 너희들은
그냥 보고만 있을 테냐?"

3

이렇게 해서 화살은 교묘한 방식으로(아니, 화살 고유의 방식으로) 종친들을 겨냥합니다. 종친들의 기분이 썩 좋지는 않았을 거예요. 자기들 이야기를 효종의 입이 아니라 대신들의 더럽고 냄새나는 입으로 들었으니 사실은 화가 무척 많이 났겠지요. 그러나 근족인 종친의 특성상, 정치꾼을 지향하나 정치꾼 표를 대놓고 낼 수는 없는 종친의 이율배반적인 특성상 실세 대신들에게 1대 1 맞장을 뜨기는 좀 그래요. 그렇다고 대빵인 효종에게 왜 그렇게 했느냐고 투정을 부릴 수도 없어요. 그러했다가는 열 배, 백배로 증폭된 화를 한상 가득 선물로 받을 테니 말이에요.

그렇다면 애지중지하며 키운 딸을 꼼짝없이 내놓을 처지에 몰린 이 불쌍한 종친들, 팔자에도 없던 '1박 2일'식 울며 까나리 먹기 벌칙을 꼼짝없이 수행하게 생긴 안타까운 종친들의 은밀한 비난은 누구에게로 향했겠습니까? 당연히 이개윤입니다. 사안이 사안인지라 대놓고 비난할 수는 없으니 자기들끼리 모여 은밀히, 그러나 은밀한 것치고는 꽤 소리 높여(왜냐고요? 아, 적어도 이개윤의 귀에는 들어가야 에너지 소모해가며 비난한 의미라도 생기잖아요) 비난합니다.

"돈 한 푼 없어 쩔쩔매더니 결국에는 딸을 팔아 치우는구나."[3] 아하, 꽤 중요한 힌트가 나왔어요! 이런 말이 사전에 모의한 것도 아닌데 그냥 툭 튀어나올 정도인 것을 보면 이개윤의 처지는 풍족함과는 꽤 거리가 있었던 것이 분명해요. 이 대목에서 우리는 이개윤이 다른 종친들에게 왕따 비슷한 것을 당하는 인간이었다는 사실도 덤으로 알 수가 있지요.

뭐라고요? 딸을 넘긴 인간이니 그런 대우를 받아도 싸다고요? 당신답지 않게 갑자기 흥분하는 척하기는. 아무리 화가 나더라도 이런 중요한 대목에서는 냉정할 필요가 있답니다. 나 또한 이개윤이 몹시 밉기는 하지만 그렇다고 이개윤을 돈에 눈이 멀어 딸을 팔아버린, 진짜 눈이 멀어 돈을 받고 딸을 팔아버린 심봉사와 같은

---

3   《연려실기술燃藜室記述》에 의거한 표현이다.

몰상식한 수준의 인물로 몰아붙이는 것에는 반대예요(안 그래도 복잡하니 심봉사에 대한 구구절절한 반론은 사절! 심봉사는 그냥 마담 뺑덕에게 맡깁시다!). 이개윤은 그것보다 몇 배는 더 복잡한 인물이지요.

나중에 더 말하겠지만 지금 당신이 잊지 말아야 할 것은 이개윤의 '충정'이지요. 아버지인데, 딸을 둔 아버지인데, 그것도 자랑하고 싶어 입이 근질근질한 자색녀를 둔 아버지인데, 가난하긴 해도 눈이 먼 것은 아닌데, 왕따의 처지라도 어엿한 종친의 일원인데, 설마 돈 때문에 딸을 넘기기야 했겠어요? 무슨 궤변이냐고요? 궤변은 무슨. 충정의 결과 그에 합당한 대가를 얻은 것이지, 대가를 얻기 위해 사전에 치밀하게 기획된 충정을 내민 것은 아니라는 뜻입니다. 자자, 흥분하지 말아요. 그저 지금은 내 말을 끝까지 들으세요. 논리가 그렇다는 것이지, 내가 이개윤의 편을 들려는 것은 절대 아니에요. 국익이니 뭐니 하는 그럴듯한 이름을 붙여 미화하려 해도 세상에는 분명 용서할 수 있는 일과 없는 일이 있으니까요. 나라 이름이 조선에서 대한민국으로 바뀌었어도 그 사실은(많고 많은 가치 가운데 국익만을 최고로 치는 '헬조선'식 못된 관행도 여전하고요!) 결코 변하지 않으니까요.

이개윤의 행적에 담긴 의미에 대해서는 질리도록 떠들어댈 기회가 아직 많이 남았으니 우선은 다시 본론으로 돌아가도록 해요. 그

동안 사람 취급도 하지 않았던 이개윤의 돌발 행동 때문에 종친들은 꼼짝없이 딸을 내놓아야 하는 처지에 몰렸습니다. 조커도 없는 판이니 종친들이 이길 수 있는 패는 아예 없다고 보아야 하겠지요. 종친들은 멀쩡히 두 눈 뜨고 있는 공주들을 없다고 한 임금의 본보기를 따라 충성의 진수를 보이려 했습니다. 그러나 자신의 뺑에 관해서는 기억상실증 환자처럼 입 딱 씻은 임금이 독주도 아닌 차가운 물 한 잔으로 머릿속 대신 쓰린 속만 차린 후, 대신들 앞에서 정색하고 눈치를 주는 고차원의 성동격서 전략을 구사합니다. 폼은 그럴싸해도 결국에는 주인의 눈치만 보는 똥개 신세인 종친들이 별 수가 있겠습니까?

궁지에 몰린 종친들, 살기 위해 곧바로 행동에 나섭니다. 아, 나는 감탄할 수밖에 없어요. 그들의 정확한 판단과 빠른 결단과 대오의 일사불란함이란! 종친들로만 군대를 구성했다면 우리나라 역사는 어떻게 바뀌었을까 궁금해지기까지 한다니까요. 어쩌면 우리 가운데 일부는 한반도가 아닌 길림성이나 흑룡강성에 주소를 두고 살았을지도 모르지요. 아무튼, 종친들이 적극적으로 나선 결과, 일은 일사천리로 진행되었어요. 그래서 다음 날 아침에는 이개윤의 딸을 포함해 모두 열여섯 명의 처녀가 청나라 칙사 앞에 나란히, 나란히(한 줄로 섰는지, 두 줄로 섰는지, 네 줄로 섰는지는 모르겠어요. 이열

황대가 이팔청춘과 운율도 맞으니 가장 그럴듯하다는 느낌은 들지만 확신은 없어요!) 서게 되었답니다. 칙사답게 잠시도 쉬지 않고 효종에게 압박을 가했던 파흘내에게, 그러나 따지고 보면 입만 살았던 파흘내에게 드디어 제대로 된 할 일이 생긴 것이지요.

파흘내는 이 열여섯 명의 처녀를 어떻게 살펴보았을까요? 처녀들은 또 어떻게 행동했을까요? 음란과 교태는 없었을까요? 정숙과 냉정만이 있었을까요? 아, 이 부분은 차마 다루지 못하겠으니 그냥 넘어갈게요. 정 궁금하다면 대한민국에 시집온 베트남 여성들에게 물어보든지요. 그들 또한 저 열여섯 명처럼 2열, 4열, 8열로 나란히, 나란히 서서 '감별'을 받은 끝에 이 나라에 왔다고 하니까요.

아, 지금은 그렇지 않다고요? 전에도 다 그렇게 했던 것은 아니고 일부 못된 중개 회사에서만 그러했다고요? 뭐 그럴 수도 있겠지요. 베트남인지 필리핀인지 라오스인지 캄보디아인지에서는(대한민국 남자들, 참 글로벌하게 사네요!) 그 유별난 감별 때문에 한바탕 난리가 났다는 이야기를 들은 적이 있는 것도 같아요. 다 그러했다면 보도가 되지도 않았겠지요. 당신 말대로 일부 한심한 회사의 농간이었겠지요.

4

그날 밤 효종은 오래간만에 한시름을 놓았어요. 거시기 없는 인간에서 감시 카메라로 변신해 파흘내의 눈길, 손길, 발길 모조리 꼼꼼하게 살펴보고 돌아온 나업의 상황 보고를 들은 뒤였거든요.

"오랑캐 잡놈 되놈이 하는 꼴을 보니 다는 아니어도 적어도 한두 명은 마음에 들어 하는 것 같았습니다."

사안이 사안인지라 그런지, 원래 성격이 쪼잔해서 그런지는 잘 모르겠으나 아무튼 대국의 사신답지 않게 지나칠 정도로 신중, 또 신중을 기하는 파흘내가 당장 오케이 사인을 낸 것은 아니지만 그래도 내보일 처녀라고는 달랑 이개윤의 딸밖에 없어 안달복달, 속만 태우던 때에 비하면 일은 꽤 진전이 된 셈이지요. 효종은 그날 밤도 술 한 잔 생각이 간절했을 거예요. 하지만 사나이인지라, 스스로에게 한 약속을 저버릴 수 없는 진짜 사나인지라 《논어》를 《주역周易》 책처럼 여기저기 되는 대로 펼쳐 읽으며 차가운 물만 거푸 들이켰겠지요. "전전긍긍 깊은 못가에 임하듯, 살얼음 밟는 듯 행하라!"는 문장을 발견하고는 역시 《논어》야, 하고 수도 없이 고개를 끄덕거리며 한 치 앞도 알 수 없는 자신의 처지를 돌아보았겠지요.[4]

자, 이왕 중계하는 김에 대신들도 살피고 넘어가지요. 대신들은 어떠했을까요? 예, 당신의 말 대로예요. 딱 수준에 맞게 놀았어요. 자신들과는 무관한 일이지만 그래도 혹시 꺼지다 만 불똥이 튀어 옷이라도 홀랑 태울까 싶어 사건 전개를 역전 위기에 몰린 구원투수의 조마조마한 심정으로 지켜보던 대신들은 때맞추어 터진 병살

---

[4] 《논어》〈태백泰伯〉에서 증자曾子의 사례를 설명하는 대목에 나온다. 깊은 병에 걸린 증자가 제자들을 불러 다음과 같이 말했다고 한다.
"내 발을 들추어보고, 내 손을 들추어보라. 《시》에 '전전긍긍 깊은 못가에 임하듯, 살얼음을 밟는 듯 행하라' 했다."
그러나 그다음 구절은 원저자의 인용 취지와는 다소 거리가 있다.
"나는 이제야 그런 근심에서 벗어난다!"
《논어》를 《주역》 책처럼 이리저리 펼쳐 읽다 생긴 폐해라 할 수 있겠다. 그래도 안 읽는 것보다 백배 훌륭함은 물론이다. 조금 더 잘난 체를 하자면 해당 구절은 《시경詩經》〈소아小雅〉의 〈소민小旻〉이라는 시 마지막에 나온다. "전전긍긍戰戰兢兢, 여림심연如臨深淵, 여리박빙如履薄氷." 이렇게 말이다. 소리 내어 읽으면 왠지 살얼음이 입주위에 어는 것 같은 서늘한 기분이 든다. 기분 탓인가?

타에 "이제 한 고비 넘겼다!" 하고 함성을 살짝 내뱉은 뒤(주먹을 쥐는 간단한 세리머니와 함께) 임금도 입에 못 댄 뜨거운 술 한 잔으로 잔뜩 예민해진 몸과 마음을 달래었을 테지요. 아, 이 모진 세상에서 인간답게 사는 것이 참 쉽지 않네, 하고 진부하기 그지없는 말을 중얼거리며 면벽하다 대단한 깨달음이라도 얻은 양 고개를 주억거렸는지도 모르지요.

모두에게 행복한 밤이 되었으면 정말 좋았겠지만 당신도 알다시피 만사가 그리 간단하게만 진행되겠습니까? 우리가 이 와중에 잊어서는 안 되는 사람이 하나 있어요. 예, 어쩌면 가장 중요한 인물일 수도 있는 청나라 칙사 파흘내지요. 온 정성을 들여 세밀하게 처녀들을 감별한 뒤 의정부 정승들에게서 거나한 대접을 받고 숙소로 돌아온 파흘내는 차가운 물부터 벌컥벌컥 들이켭니다. 기분이 왠지 좀 꿀꿀해요. 그도 그럴 것이 자기는 결코 가질 수도 없는 물건들을 윈도우 쇼핑으로 꼼꼼히도 보고 온 셈이니까요.

오랑캐 사나이답게 헛헛한 마음은 재빨리 지워버리고 소맷부리로 입을 쓱 닦는 파흘내의 시야에 문방사우가 들어옵니다. 그렇지요. 주먹과 붓은 휘둘러야 맛인 법이지요. 자신의 속내를 파악하기 위해 정신없이 스텝을 밟으며 쉴 새 없이 교묘한 질문을 던지던 아웃복서형 의정부 정승들에게 주먹 한 번 휘두르지 못하고 돌아온

72

우리의 인파이터 파흘내는 문방사우를 보자마자 평소 갈고 닦았
던 일필휘지의 솜씨를 발휘해 효종에게 보내는 글 하나를 후다닥
완성하지요. 누가 오랑캐를 무식하다고 했나요? 그 말은 청나라 호
부상서이자 도르곤의 칙사인 우리 파흘내에게는 해당이 되지 않는
답니다. 자, 아랫글을 보세요. 정말 논리 만땅이지요?

　황부 섭정왕께서는 분명히 칙유를 내리셨소.

　"왕의 누이나 딸, 혹은 왕의 근족이나 대신의 딸 중에 참하고 덕행

　이 있는 자가 있으면……."

　그러니 이젠 대신들의 딸을 보고 싶소.

5

파흘내가 비몽사몽, 부지불식간에 일필휘지로 써내린 붓글씨는 온
궁궐을 통째로 뒤흔들었답니다. 물론 파흘내가 내심 자부했던, 얼
핏 보면 조맹부趙孟頫체 비슷한 신기의 솜씨 때문이 아니라 그 안
에 적힌 살벌한 내용 때문이었지만요. 혹시나 하는 불안한 마음에
선잠에 빠졌던 효종은 나업의 보고를 받은 후 역시나 하고 탄식하
고는 이미 퇴청했던 대신들을 다시 소집했습니다. 일이 다 끝난 줄
알고 진탕 술을 마셨다가 아직 덜 깬 채로 궁궐로 들어서는 대신
들의 표정은 하나같이 어두웠습니다. 도르곤의 통혼칙을 가지고
온 파흘내가 와 있는데 한밤중에 소집을 했다? 종친의 딸들을 보
여주는 것으로 다 끝났다 생각했는데 임금이 자신들을 난리라도

일어난 것처럼 급박하게 불러들였다? 그것이 도대체 무엇을 뜻하겠습니까? 답은 하나밖에 없겠지요. 딸을 내놓으라는 것, 그 하나밖에는 없겠지요. 눈치 백단인 대신들은, 게다가 아직 술도 덜 깬 대신들은 효종이 말을 꺼내기 무섭게 눈치와 무모함을 결합한, 입을 맞춘 적도 없으면서 어구 하나 다르지 않은 똑같은 답을 내놓았습니다.

"제게는 딸이 없습니다."

효종은 속이 끓었을 것입니다. 평균이며, 정규분포며, 표준편차 따위의 현대 수학 용어는 단 한 번도 들어본 적이 없는 효종이지만 애가 태어나면 둘 중에 하나는 딸이라는 것쯤은 능히 알고 있습니다. 그런데도 대신들(기록에 따르면 200명 정도 되었다고 하네요. 생각보다 많은 느낌이지만 고위 공무원 천치, 아니 천지—천국—인 사회에 사는 우리가 뭐라고 따지고 들 이유는 하나도 없겠지요)이라는 작자가 술에 덜 깬 채로 임금 앞에 나타나서는 통계를 개무시하고 무조건 딱, 잡아떼고 있는 것입니다. 술도 마시지 않은 효종을 사리 분별도 못하는 바보 천치로 알고 거드름까지 부리며 뻥을 치고 있는 것입니다. 효종은 기분 같아서는 당장 대신들의 집을 수색하라고 명령하고 싶었겠지요. 딸 비슷한 종자라도 나오면 그 뻣뻣한 모가지를 댕강 소리 요란하게 나도록 자르겠다고 포효하며 협박하고 싶었겠지요. 그러나 사안이 사안인 만큼, 아니 이 건에 관해서는 자신 또한 찔리는 바가 없지는 않았던 만큼 오밤중에 미친 척하며 난리를 치기에는 좀 민망합니다. 그래서 최대한 부드럽게 설득을 시작하지요.

"(대신들이라는 것들이!) 이개윤의 충정을 생각해보시오."

잠시 침묵의 강이 흐릅니다. 효종이 평온한 목소리로 물방울을 똑 떨어뜨립니다.

"(부인에 첩까지 거느린 것들이!) 첩에게서 얻은 서녀도 괜찮소."

또다시 침묵의 강이 흐릅니다. 역시 부드러움은 씨알이 먹히지 않는 법인가봅니다. 효종이 차가운 물 한 바가지를 퍼붓습니다.

"(이것들이 정말!) 나는 분위기가 험악해지는 것은 바라지 않소. 하지만 경들이 이렇게 나오면 나에게도 생각이 있소. 나중에라도 딸이 있었다는 사실이 발각되면…… (속으로 하나, 둘, 셋, 넷, 다섯까지 세었다가) 가만두지 않을 것이오!"

어디선가 술주정하듯 에잇, 하는 소리가 들립니다. 목소리의 주인공이 나서서 흐느끼듯 말합니다.

"(이놈의 '헬조선'!) 제게, 딸이 하나 있습니다."

효종이 천천히 고개를 끄덕입니다. 에잇, 에잇, 에잇, 에잇, 에잇 하는 소리가 이어집니다. 다섯 사람이 차례로 나서서 흐느끼듯 말합니다.

"제게도, 제게도, 제게도, 제게도, 제게도, 딸, 딸, 딸, 딸, 딸이, 하나 있습니다."

효종은 이번에는 좀더 빨리 고개를 끄덕이고 기다립니다. 그러나 으흠, 으흠 기침 소리만 들릴 뿐 더 나서는 이가 없습니다. 그 좋아하던 술도 단번에 끊은 효종은 무서울 정도로 냉정한 사람이기도 해요. 또 한차례 엄포를 놓으려다 말고 (흥분하지 말자! 흥분하면 지는 거야!) 손가락부터 꼽아봅니다. 오른손으로 꼽아보고 왼손으로도 꼽아봅니다. 고개를 끄덕입니다. 여섯을 채웠으니 피바가지는 면한 셈이에요. 한 손바닥을 온전히 들어 보이고도 하나가 남으니 노름꾼의 체면치레는 한 셈이에요.

효종은 냉정하면서도 노련한 정치꾼이에요. 썰렁해진 분위기를 살피다가 우선은 파흘내가 고를 할지 판을 접을지 먼저 결정하도록 해야겠다는 생각을 해요. 무리하게 대신들을 닦달해 돌아올 수 없는 요단강의 살벌한 분위기를 조성하기보다는 파흘내에게 이 사실을 전해 그 오랑캐 잡놈의 머릿속에 든 잡스러운 생각부터 확인할 필요가 있겠다는 결론을 내려요.

자, 황부 섭정왕 도르곤이 보낸 칙사이자 호부상서인 파흘내는 다섯은 넘고 열에는 모자라는 이 애매한 숫자에 어떻게 반응했을까요? 다음 날 아침 박 터졌던 눈치 싸움의 결과를 전하러 온 신하에게 파흘내는 두 손을 활짝 펼쳐 보이며 호통을 칩니다.

"손가락은 괜히 열 개인가? 발가락은 괜히 열 개인가? 내일까지 숫자를 맞추지 않으면 내가 직접 그놈들의 가족 관계를 조사해 진실을 밝혀낼 것이오."

손가락·발가락에 으름장까지 다 동원해서 표현한 오랑캐 잡놈 되놈 파흘내의 '고'라는 메시지는 즉각 효종에게 전달되었어요. 효종은 고개를 끄덕이고는 대신들을 다시 소집했습니다. 파흘내처럼 두 손을 활짝 펼쳐 보이고는 결정적인 순간을 위해 미루었던 엄포까지 다 끄집어내 대신들을 다그쳤어요. 엄포는 대포보다 강력한 법이랍니다. 자연법칙도 능히 거스릅니다. 무슨 실없는 소리냐고요? 아, 글쎄 대신들에게 어제는 없던 딸들이 새로 태어난 거예요. 하룻밤 사이에 무슨 일이 있었는지 어제는 이 세상에 존재하지 않았던 딸들이 아홉 명이나 새로 생겨난 거예요. 손을 높이 들어 경배하세요! 성모 마리아의 기적보다 더한 기적이 아닐 수 없습니다! 이은결의 마술쇼 따위는 저리 가라고 해요! '나우 유 씨 미'는 똥이나 먹으라고 해요!

현실주의자인 우리는 마술 따위에는 관심이 없고 영화야 그저 가십거리에 불과하고, 게다가 천주교 신자도 아니니 기적 타령은 저리 치우고 이제는 더하기를 해볼 시간이에요. 어려운 것은 아니니까 지레 겁부터 먹지는 마세요. 100단위까지 가지도 않으니 계산기도 던져버리고요. 9 더하기 6은? 그래요, 15입니다. 15라, 15…….《15소년 표류기》를 읽어보았으면 알겠지만 15는 딱 떨어지지도 않는 것이 좀 미묘해요. 15를 세려면 손가락은 물론이고 발가락도 있어야 합니다. 하지만 발가락은 열 개 중에 다섯 개만 있으면 되지요. 그렇다면 나머지 다섯 개 발가락은요? 아, 이것도 좀 애매해요. 효종은 이 숫자를 놓고 수능 영어 31번 문제의 보기 1과 2 사이에서 머리를 싸매듯 고민, 또 고민을 했어요.

'손가락과 발가락을 모두 들어 보였다? 그것은 스물 이상을 원한다는 뜻인가? 아니야. 그러했다면 입도 동원했겠지. 그러니깐 열에서 스물 사이면 괜찮다는 뜻일 수도 있지. 그런데 정말 그런가? 다른 의미는 없나? 아, 모르겠다. 제기랄. 콕 집어 말해주면 저도 편하고 나도 편했을 텐데. 아, 짜증이 팍팍 솟구치네. 이놈의 오랑캐 잡놈 되놈 같으니.'

효종은 한 나라의 임금이에요. 조선이 청나라에 비하면 엄청나게 작은, 변방의 미미한 국가인 것은 사실이지만 그래도 삼천리강산인 까닭에 숫자 계산보다는 몇십 배, 몇백 배 더 복잡한 일들이 눈앞에 잔뜩 쌓여 있습니다. 게다가 대신들의 상태 또한 정상이 아닙니다. 심기가 불편하다고 아예 얼굴에 써 붙인 대신들(태종太宗 임금식 공포정치가 효력을 발휘하던 때는 이미 예전에 지났지요! 무조건 주먹만 휘두르다가는 연산燕山이나 광해光海처럼 카운터펀치 한 방에 가게 되어 있지요!)을 족쳐 새로 딸 다섯 명을 더 생겨나게 하기란 아무리 임금이라도 불가능합니다. 게다가 그 가운데 하나가 파흘내의 손가락· 발가락 운운하는 말을 어디서 주워들어서 임금은 잘 모르는 모양인데 그건 열에서 열다섯 사이니 어쩌고저쩌고 말이 되는 것도 같고 안 되는 것도 같은 비논리적인 것 같으면서도 논리적인 반박이라도 시도한다면 상황은 여간 난처해지는 것이 아니겠지요. 효종은 군주답게(노름꾼답게) 결정을 내립니다. 자신의 산술을 믿어보기로 합니다. 조금 부족한 느낌이 들기는 하지만 열다섯으로 끝까지 밀어붙이기로 마음을 단단히 먹은 거예요.

자, 이제 공은 파흘내에게로 넘어갔습니다. 효종이 하도 문질러대서 누리끼리하고 반질반질해진 공을 받은 파흘내는 두 손바닥을 보이며 효종의 산술을 받아들였을까요? 아니면 내 발 하나는 잊었느냐고 외치며 박찬호급 거친 이단 옆차기 한 방을 선물했을까요? 잔뜩 기대한 당신에게는 미안하지만 결론은 좀 시시해요. 파흘내는 새로 뽑힌 열다섯 명을 쓱, 말 그대로 쓱 한 번 살펴보고는(감별까지도 아니고요) 크게 하품을 하며 말했어요.

"고생들 하셨소. 어째 하나같이 시원치 않구려. 그냥 처음에 보앗던 처녀들 중에 고르겠소. 그 열여섯 살 먹은 이 씨 처녀 정도면 큰 문제는 없겠소. 아, 혹시 모르니 열세 살 먹은 박 씨 처녀는 집으로 돌려보내지 말고 궁궐에서 양육토록 하시오."

무엇이 그렇게 좋다고 낄낄대고 웃어요? 어처구니가 없어서 그러는 것이라고요? 오랑캐 잡놈이 하는 짓이 하도 괴상해서 그러는 것이라고요? 뭐, 좀 그렇기는 해요. 꼭 허무 개그의 끝을 보는 기분이니 말이에요. 하지만 그 와중에도 살이 떨리기는 해요. 열세 살 아이는 돌려보내지 말고 궁궐에서 양육하라니, 이건 무슨 키워서 잡아먹겠다는 뜻이잖아요?

자, 마지막으로 내가 아무리 생각해도 알 수 없었던 것 두 가지만 당신에게 묻고 이 어처구니없고 초현실적인 '호러 황당 코미디'에 대한 설명을 끝내도록 할게요. 첫 번째 질문! 그날 밤, 효종은 금주의 결심을 깼을까요, 깨지 않았을까요?

두 번째 질문은 무엇이냐고요? 흥분하지 말아요. 당신도 짐작했겠지만, 이야기 흐름상 다른 결론이 나면 말이 되지 않겠지만, 파흘내가 찍은 열여섯 살 먹은 처녀는 바로 '자색이 있는' 이개윤의 딸이었어요. 자, 긴장하고 똑바로 들으세요. 여기서 두 번째 질문이 나갑니다. 효종은 파흘내가 찍은 이개윤의 딸을 만나보고는 이렇게 말했대요.

"사람됨이 꽤 주밀하구나."

사람됨이 주밀하다? 아, 주밀이 무슨 뜻이냐고요(몰라서 묻는 것은 아니겠지요)? 주밀은 주도면밀周到綿密이에요. '주의가 두루 미쳐 자세하고 빈틈이 없다'라는 뜻이에요. 앞뒤 좌우 꼼꼼히 살펴보아도 나쁜 말은 아닌 것 같아요.

그런데 내가 궁금한 것은 이거예요. 효종은 도대체 무엇을 보고 이개윤의 딸더러 주밀하다고 했을까요? 이 말도 안 되는 코믹 호러에서 주밀하다는 것은, 주의가 두루 미쳐 자세하고 빈틈이 없다는 것은 도대체 무슨 뜻일까요? 다른 말로 하면 용의주도인데 이것이 이개윤의 딸과 도대체 무슨 상관이 있는 것일까요? 이런 일을 대비해 만주어 교육이라도 받았다는 것일까요, 공주 행동 교본이라도 미리 읽고 준비해왔다는 것일까요? 되놈 잡놈에게 기꺼이 몸을 바칠 각오가 되어 있다는 것일까요? 아무리 생각해도 나는 잘 모르겠는데 혹시 당신이 내 궁금증에 답을 줄 수 있나요?

김류의 처는
미래를 보았다

인조가 아직 능양군綾陽君이던 시절(당신과 나야 물론 그가 쿠데타에 성
공해 임금 자리에 오른 사실을 잘 알고 있으나 정작 당사자인 그는 도무지 감
이 잡히지 않아 불안하고 초조한 밤을 보내던 그 시절), 인조는 김류金瑬의
집을 방문한 적이 있었다. 인조가 돌아가자 김류의 처가 조금 전
다녀가신 그분이 누구냐고 김류에게 물었다. 사랑방 일에 간섭하
는 일이 없던 처였다. 그래서 김류는 처가 그렇게 물은 이유를 몹시
궁금하게 여겼다.

"지난밤 꿈에 어가를 보았는데 앉은 분이 금상이 아니시더군요.
그런데 조금 전 다녀가신 그분의 얼굴을 보고 깜짝 놀랐습니다. 제
가 꿈에서 보았던 바로 그분이었거든요."

육룡이 나르셨다는 용비어천가식 이야기니 그 이후의 일은 더
설명할 필요도 없을 것이다. 미래를 보았다는 처의 말에서 김류는

하늘의 뜻을 보았다. 하늘이 의견을 밝혔으니 더 망설일 필요도 없었다. 좋게 말하면 치밀하고 나쁘게 말하면 간이 작아, 한 점 불똥이라도 제거하기 위한 요량으로 이리 재고 저리 고민하던 김류는 더 재고 더 고민할 것도 없이 즉각 횃불을 들고 거사를 벌였다. 신통방통하게도 꿈은 적중했다. 임금이 바뀌었다. 광해군이 쫓겨나고 김류의 처가 보았던 인조가 새 임금이 되었다.

내가 하려는 이야기는 너무 뻔해서 뻔뻔하게 들리는(이것이야말로 짜고 치는 고스톱!) 인조의 임금 되기가 아니다. 사실 김류의 처가 미처 몰랐던 것이 하나 있다. 꿈에서 어가를 본 바람에 김류의 처는 몹시 흥분했다. 그 흥분 때문에 잠을 설쳤다. 그러느라 그 꿈의 후반부를 제대로 보지 못했다. 전반부가 그러했듯 후반부 또한 현실을 제대로 보여준 비범한 꿈이었다. 꿈의 전반부가 현실이 되었듯 후반부도 현실이 되었다.

김류의 처가 후반부를 실제로 본 곳은 피바다가 된 강화도였다. 자신의 손자, 그러니까 김류의 아들 김경징金慶徵의 아들 김진표金震標가 꺼내 든 칼날 속에서 전에 미처 보지 못했던 후반부를 보았다. 아내를 칼날로 협박해 목매달아 죽게 만든 김진표가 이제 자신의 어미와 할미를 같은 방식으로 협박하는 그 참담한 상황 속에서 김류의 처는 잠을 설치느라 보지 못했던 그 꿈의 후반부를 보았다.[5] 돌아간 줄 알았던 인조는 한 식경도 못 되어 다시 김류의 집을 찾았다. 다짜고짜 김류의 처가 있는 방으로 들어온 인조는 동아줄을 내밀었다. 싫다고 고개를 흔드는데도 자꾸만 동아줄을 내밀었다. 흔들면 내밀고, 흔들면 내밀고, 흔들면 내밀고……. 꿈의 후반부는 무한반복이었다. 무한지옥이었다.[6]

---

5   인조 15년 9월 21일자 실록 기사에 나온다.
"어느 날 적병이 갑곶진을 건너자 김경징은 늙은 어미를 버리고 배를 타고 달아나고…… 김경징의 아들 김진표는 제 할미와 어미를 협박해 스스로 죽게 했다."
《연려실기술》의 기술은 조금 다르다.
"경징의 아들 진표는 그 아내를 다그쳐 자진하게 하고, 그 할머니와 어머니에게 말하기를, '적병이 이미 성 가까이 왔으니 죽지 않으면 욕을 볼 것입니다' 하니, 두 부인이 이어서 자결하고, 일가친척의 부인으로서 같이 있던 자들도 모두 죽었는데, 진표는 홀로 죽지 않았다."
전자의 핵심은 '협박해 스스로 죽게 했다'에 있고, 후자의 핵심은 '두 부인이 이어서 자결하고'에 있다. 타의냐, 자의냐는 굉장히 중요한 문제였다. 그러나 지금 우리에게 실록과 《연려실기술》 내용은 큰 차이가 느껴지지 않는다. 《연려실기술》을 쓴 이긍익李肯翊은 이를 의식해 '자결'에 힘을 실어주는 기사를 하나 더 실었다.
"혹자는, '진표가 다그쳐 죽게 했다'고 일컬었다. 대개 인심이 경징에 대한 분노가 쌓여서 그 어머니와 아내의 절개까지 아울러 깎아 없애려고 한 것일 뿐이다."
자, 이해가 되시는지? 어떻게 해서라도 여인네의 절개를 강조하려는 그 절박한 심정이 이해가 되시는지?

6   아무래도 김류의 처는 당대의 몽상가(?)였던 모양이다. 《기문총화記聞叢話》라는 후대의 야담집에는 위에 소개된 것과는 조금 다른 이야기도 존재한다. 인조가 아직 능양군이던 시절, 외출했다가 소나기를 만난다. 비를 긋기 위해 가까운 집 문간에 서 있는데 계집종이 나타나 안으로 들어가기를 권했다. 사랑채에 들어선 인조는 깜짝 놀랐다. 자신이 어린 시절에 그렸던 말 그림이 그곳에 떡하니 걸려 있었던 것이다. 조금 뒤 주인이 들어오기에 자초지종을 물었다. 인조와는 초면이었던 김류는 그림이 선조에서

물론 역사는 이 후반부의 꿈을 언급하지 않는다. 역사는 하늘이 아닌 인간의 오류를 강조한다. 사연은 이렇다. 전란이 있기 전에 인조는 강화도 검찰사로 누가 좋겠냐고 물었다. 누군가의 입에서(아마도 김류의 측근이었겠지) 김경징이라는 이름이 나왔다. 아버지만큼 아들을 잘 아는 사람이 없을 것이기에[7] 김류에게 어떻게 생각하는지 물었다. 김류는 나이키 광고라도 본 사람처럼 주먹을 꼭 쥐어 보이고는 할 수 있을 것이라 대답했다. 인조는 그 말을 믿고 김경징을 검찰사로 썼다.

결론부터 말하자면 김경징은 할 수 없었다(고로 나이키는 틀렸다!). 멸사봉공 대신 멸공봉사의 정신으로 초지일관했던[8] 김경징은 강화

───────────

이항복李恒福에게로, 이항복에게서 자신에게로 왔음을 들려주었다. 말하는 김류나 듣는 인조나 참 괴이한 일이라고 여겼음은 두말할 나위가 없다. 김류의 처가 등장하는 것은 그다음이다. 푸짐한 음식상을 마치 기다렸다는 듯이 차려 나온 것. 인조가 돌아간 후 김류가 처에게 그 이유를 물었다. 답은 "지난밤 꿈에 어가를……"과 거의 비슷하다. 이 두 꿈으로 짐작할 수 있는 것은 하나다. 인조의 김류 사랑은 세간에서 이해하기 힘들 정도로 대단했던 것 같다.

7 그러했기에 인조는 소현세자昭顯世子가 갑자기 죽자 소현세자의 아들이 아닌 봉림대군鳳林大君(효종)을 세자 자리에 앉혔을 것이다. 손자보다는 아들이 우선이니까.

8 《연려실기술》의 한 부분을 인용하는 것으로도 충분하다. 이에 관한 사료는 너무도 많아 일일이 나열하기 힘들 지경이라는 것만 밝혀둔다.
"경징이 배를 모아서 그의 가속과 절친한 친구를 먼저 건너가게 하고 다른 사람들은 함께 건너지 못하게 했다. 때문에 사족남녀士族男女가 수십 리나 뻗쳐 있었으며, 심지어 빈궁 일행이 나루에 도착해도 배가 없어서 건너지 못한 채 이틀 동안이나 밤낮을 추위

도를 아예 말아먹었다. 어지간해서는 말아먹기 힘든 그 크고 튼튼한 섬을 통째로 말아먹은 것이 창피해서 평생을 신조로 삼았던 멸공봉사의 굳센 신념마저 버려두고 가족들 몰래 홀로 강화도를 빠져나왔다.

전란이 끝나고 공과를 가릴 때가 되었다. 인조는 의리로 무장한 사람이었다. 다른 것은 다 잊어도 김류의 집안이 자신을 임금으로 만드는 데 절대적인 기여를 했다는 사실만큼은 절대 잊지 않았다. 그는 임금 된 자이므로 무고한 백성들이 수도 없이 죽었다는 사실도 물론 머리에서 떠나지 않았다. 인조는 그 죽음에 한 명을 더하는 오류를 범하지 않기 위해 애를 썼다. 다 죽여도 김경징 하나만은 살리려 애를 썼다. 신하들이 아무리 뭐라 해도 김경징의 목숨만은 살리려 용을 썼다.

여론은 생각보다 강했다. 임금이 몇 번을 힘주어 말했는데 한 명 더, 를 외치는 여론은 도무지 바뀌지 않았다. 자칫하면 인조까지 피를 볼 판이었다. 그때가 되어서야 인조는 "쯧쯧, 조금만 베풀고 살았으면 얼마나 좋았을까" 하고 탄식을 하며 김경징을 포기했다.

에 떨며 굶주리고 있었다. 빈궁(소현세자의 비인 강빈姜嬪)이 가마 안에서 친히 소리 질러 급히 부르기를 '김경징아, 김경징아, 네가 차마 이런 짓을 하느냐' 하니, 장신張紳이 듣고 경징에게 말해 비로소 배로 건너도록 했다."

김경징에 대한 사관의 용어 선택은 당시 여론이 어떠했는지를 잘 보여준다. 광동狂同, 미친놈이란 뜻이다. 김류를 향한 평[9]을 보면 사관 또한 한 아이의 아비였음을 짐작케 한다.

"자식 사랑에 정신을 잃어 그 나쁜 점은 몰랐으나……."

9　인조를 등에 업은 김류의 위세 때문일까, 김류를 노골적으로 비판하는 평은 김류의 행적에 비하면 많지가 않은 편이다. 정약용丁若鏞의《비어고備禦考》에는 사실 여부를 떠나 무척이나 재미있는 장면이 실려 있다.
"김류의 아내와 딸이 청나라 사람에게 붙잡혔다. ……김류가 용골대에게 말했다.
'돌려주기만 하면 천금을 주겠다.'
…… 용골대가 나가자 김류가 재빨리 정명수鄭命壽를 껴안고 귀에 대고 말했다.
'우리가 같은 집을 섬기니 서로의 요청을 어찌 거절하겠는가? 이 일에 넉넉히 힘써주시오.'
정명수는 대답하지 않았다. 김류가 껴안고 걸음을 옮길 때 정명수는 옷자락을 떨치고 가버렸다."
정명수가 어떤 사람인지 알아야 이야기의 재미를 만끽할 수 있을 것이다. 평안도에서 생원인 아버지와 천민인 어머니 사이에서 태어난 정명수는 강홍립姜弘立을 따라 중국에 갔다가 포로가 된다. 이후 역관으로 변신해 사사건건 조선을 괴롭힌다. 소현세자의 심양관에서도 정명수의 행패는 계속되는데 이를 보다 못한 정뇌경鄭雷卿·강효원姜孝元 등이 정명수를 죽이기 위한 계책을 세워 실행했으나 일이 잘못되어 도리어 목숨을 잃는다. 인조 17년 4월 20일의《심양장계》에는 소현세자가 마지막으로 정뇌경과 만나는 장면이 기록되어 있다.
"뇌경은 이미 새 옷으로 갈아입고 관대를 바로 하고 차비문 밖에서 숙배하고 하직인사를 하니, 세자께서 이끌어서 보시고 술을 먹이시고 영영 이별을 했습니다. 뇌경이 대문을 나와서 동쪽으로 본국을 향해 네 번 절하는 예를 행하고, 또한 노모를 향해 두 번 절한 후에 길에 올랐습니다."
정약용이 기록한 일화 때문에 김류, 하면 나도 모르게 귀에다 뜨거운 김을 팍팍 불어대는 기묘한 장면을 상상하게 되었으니 참으로 난처한 일이 아닐 수 없다.

당신이 묻는다. 이 이야기의 교훈이 무엇인 것 같으냐고? 교훈? 교훈까지는 아니지만 내가 내미는 답은 간단하다.

꿈꾸는 도중에 일어나지 말 것, 사소한 일까지 다 머리에 담아 두고 끝까지 버틴 후에 눈을 뜰 것. 그래야 프로이트의 《꿈의 해석》 혹은 급한 대로 어쭙잖은 청계천 고서점판 해몽집이라도 펼쳐서 읽고 대처할 수 있으니.

프로이트의 이론이 어렵다고? 해몽집은 못 믿겠다고? 그러면 그저 이런 교훈은 어떤가? 분수를 알아라. 개꿈을 용꿈으로 착각하면 제대로 큰코다친다.

제3장 외설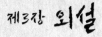

상이 서교에 나아가 의순공주義順公主를 전송했다.
시녀 열여섯 명과 여의女醫, 유모 등이 의순공주를 따라갔다.
도성의 백성들이 모두 비참하게 여겼다.
- 효종 원년 4월 22일

청사가 섭정왕攝政王의 글을 전했다.

"여러 왕과 대신이 내게 이렇게 권했소.

'상사喪事가 비록 중하기는 하나 왕께서는 너무도 오래 비통해하십니다. 그러시면 안 됩니다. 국사의 중대한 면을 염두에 두셔야 하고 비위妃位도 오래 비워두어서는 안 됩니다.'

그들이 여러 차례 간청하기에 내가 억지로라도 의견을 따르기로 했소. 그리하여 호부상서인 종친 파흘내 등을 파견하는 때를 이용해, 일찍이 간택하고 와서 보고하도록 했소. 그리고 결친結親하는 일로 따로 관원을 보냈는데, 사홍檢紅 등이 와서 왕녀王女가 정숙하고 아름답다고 이야기했소. 먼저 통신사를 보내고 뒤이어 육례六禮를 갖춘 다음에 영친迎親하려 했지만, 여러 왕과 대신들의 생각이 나와는 또 달랐소.

'조선은 길이 멉니다. 예절대로 하려고 하면 왕복하느라 시일이 지체됩니다.'

내가 다시 그 의견을 따라 속히 진송進送하도록 했는데, 왕께서 혹 외설스럽게 생각하실까 두렵소. 이에 나의 뜻을 글로 써 자세히 알리니 왕께서는 너그러이 이해해주시기 바라오."

황부 섭정왕은 저채紵綵 600필, 적금赤金 500냥, 은 1만 냥을 함께 보냈다. 상이 금과 은을 호조에 내렸다.

1

파흘내의 손가락질 한 방으로 조선의 궁궐(이 상징하는 왕권 혹은 신권)을 뿌리부터 뒤집고 흔들었던 '도르곤 비妃 구하기 작전'이 드디어 그 성대한 막을 내렸어요. 짝짝. 커튼도 내려온 판이니, 커튼콜은 하늘이 무너져도 없을 테니 이쯤해서 관람평을 한번 해볼까요? 비록 막판에 뜻하지 않았던 한바탕 소란이 일어나 다 된 밥에 코를 빠뜨릴 뻔했지만 대국적인 견지에서 보자면 관계자 모두에게 제법 만족스러운 한판이었다고 말할 수 있겠어요. 효종은 자신의 몇 안 되는 공주를 보호하는 데 성공했고, 파흘내는 비록 공주는 아니지만 요조숙녀급 종친 처녀를 확보함으로써(대신급까지 내려가지 않음으로써) 칙사의 임무를 훌륭히 완수했지요. 대신들은 사라졌다 다시 생겨난 신묘한 딸들의 얼굴을 보며 자신의 안방에서 편안히 술 한 잔 들이켤 수 있게 되었고, 이개윤을 제외한 종친들은 비록 자신의 딸이 뽑힌 것은 아니지만 그래도 종친에서 쓸 만한 여자가 선발되었으니 국가와 사직을 위해 할 도리는 다했다며 어깨에 힘을 잔뜩 주고 다닐 수 있게 되었지요. 물론 이 모든 사태의 핵심이었던 이개윤도 안도의 한숨을 한 번 제대로 크게 내쉬었을 테고요.

예? 딸을 오랑캐 잡놈들이 사는 살벌한 이국에 보내야 하는 마당에 안도의 한숨이 나오느냐고요? 아이참, 당신이 이개윤이라고 생각해보세요. 온갖 번민 끝에 떨리는 마음을 억누르고 임금 앞에 나아가 자신의 딸이 자색이 있다고, 충무공 이순신 흉내까지 내가며 말한 뒤예요. 그렇게 했는데 자신의 딸이 간택되지 않았다면, 못난 아버지들에게 등 떠밀려 막판에 허겁지겁 마지못해 간택에 응한 다른 처녀가 자신의 딸보다 더 높은 점수를 받았다면, '충정'을 위해 제일 먼저 자색 있는 딸을 바치고 나섰던 이개윤의 꼴이 얼마나 우스워졌겠습니까? 그렇게 되었다면 과연 그가 조선 땅에 발붙이고 살 수가 있었겠습니까? 아무리 그래도 안도의 한숨 운운은 좀 지나친 것 같다고요? 정 그렇다면 안도의 한숨이라는 말은 바꿀게요. '아비로서의 복잡한 심경이 고루 담긴, 우물바닥처럼 깊은 한숨!'으로 바꿀게요.[1] 이만하면 납득할 만하지요? 무슨 소리인지 정확히는 몰라도 고뇌의 깊이와 강도는 감이 잡히지요?

이렇듯 모두가 해피, 또 해피해진 것을 기념하기 위해 퍼렐 윌리 엄스라도 초청해 〈해피〉 노래를 부르게 하거나 신의를 생명으로 여 긴다는(무지몽매한 대중들은 회장님의 무지막지한 주먹다짐 사건부터 떠올 리지만) 모 그룹에서 생산한 불꽃이라도 구입해 신나게 팡팡 터뜨 리며 흥청망청 하룻밤을 즐겼으면 좋겠지만 사안이 연회라도 열며 표 나게 경축할 만한 일은 좀 아니기에 효종은 이개윤의 딸에게 작 은 선물을 하사하는 것으로 자신의 마음을 표현합니다.

"금림군 이개윤의 딸을 양녀로 삼겠다."

그래요. 당신이 보기에도 꽤 통 큰 선물이지요? 임금의 딸은 공 주 아니면 옹주입니다. 정비에게서 얻은 딸은 공주, 후궁에게서 얻 은 딸은 옹주입니다. 효종이 이개윤의 딸을 양녀로 삼겠다고 했으 니 이개윤의 딸은 이제 공주 아니면 옹주가 된 거예요. 어차피 쓰 는 인심이에요(떠나보내면 다시 볼 일도 없을 테니 말이에요). 팍팍 쓴다

---

1   이개윤의 '복잡하고 깊은 한숨'이 정확히 무엇을 말하는지는 모르겠다. 그래서 왕, 왕비, 세자빈의 친족을 두루 소개하고 있는 《돈녕보첩敦寧譜牒》의 기록을 소개하는 것으로 대신하고자 한다. 《돈녕보첩》에 따르면, 이개윤에게는 일곱 명의 아들과 세 명 의 딸이 있었다. 그 세 명의 딸 중에 우리 '자색녀'는 없다. 멀쩡히 있던 딸을 기록하지 않은 이유는 도대체 무엇일까? 이 부분이야말로 '복잡하고 깊은 한숨'과 모종의 관계 가 있는 것은 아닐까?

고 뭐라 할 이도 없어요. 그래서 이개윤의 딸은 단박에 공주로 변신합니다! 이거야 참, 마녀 덕분에 최신 유행하는 드레스를 갖추어 입은 신데렐라가 따로 없어요. 이개윤의 입장에서는 파흘내에게 감사 편지라도 써야 할 판입니다!

덕분에 나도 좀 편해졌어요. 열여섯 먹은 이팔청춘 꽃다운 처녀를 '이개윤의 딸'이라는 찜찜하고 애매한 호칭으로만 불러야 했던 것이 사실 좀 갑갑했거든요. 그러니 이제 더는 '이개윤의 딸'이라는 몰개성적인 표현은, 핏줄과 소속을 이름보다 더 중시하는 그런 표현은, 쓰지 않으렵니다. 그렇다면 새로 얻은 이름은 무엇일까요? 그 이름도 거창한 '의순공주'지요! 정의롭다고 할 때의 그 의義, 순종한다고 할 때의 그 순順, 종합하면 정의에 순종한다는 뜻이니 정말로 스케일이 큰 이름이지요.

이야기는 듣지 않고 무엇을 뒤적거려요? 효종의 공주는 모두 '숙' 자 돌림이던데 의순공주는 왜 '숙'이 아니라 '순'을 썼냐고요? 다른 공주는 '숙' 자가 앞에 있던데 왜 '순' 자는 뒤에 있냐고요? 으흠, 꽤 날카로운 지적이에요. 날카로운 질문에 어울리는 완벽한 답을 들려줄 수 있으면 좋겠지만 이 부분에 이르면 나는 그저 비꼬고 싶은 마음만 드네요. 내가 효종도 아닌데 어떻게 그 이유를 알겠어요? 당신 마음대로 생각하세요.

하지만 말이에요, 사실 당신처럼 이름에 시비를 걸고 나서는 것은 꽤 일리가 있어요. 사실은 절묘한 지점을 짚은 거예요. 그래요, 이개윤의 딸에게 의순공주라는 멋진 이름을 부여한 것이 꼭 통 큰 속을 보여주는 공짜 선물만은 아니라는 뜻이지요. 우리 인심 좋은 효종에게도(앞뒤 생각도, 본전 생각도 하지 않고 마구 선심 쓰는 것처럼 보이는 휴대전화 판매업자들처럼) 뒤로는 뭔가 다른 꿍꿍이가 있었다는 것이지요. 그것도 무지하게 교활한 꿍꿍이. 네, 맞아요. 앞서 말한 바 있는 통혼칙이지요.

"왕의 누이나 딸, 혹은 왕의 근족이나 대신의 딸 중에 참하고 덕행이 있는 자가 있으면⋯⋯."

이개윤의 딸은 왕의 종친, 즉 근족이었어요. 효종은 근족이었던 이개윤의 딸에게 의순공주라는 이름을 붙여 자신의 딸로 만들어버린 거예요. 그러니까 의순공주는 왕의 딸이자 근족이 된 것이지요. 조삼모사 같기는 해도 실은 일석이조의 기막힌 전술이에요! 잔머리도 잘만 굴리면 꽤 그럴듯해진다니까요! 술을 마시지 않는 효종은 남들이 술을 마시며 세월과 네월을 마구 흘려보내는 동안에 이 생각 저 생각 참 많이도 한 모양입니다! 늘 멀쩡한 정신을 유지하고 사는 효종은 내친김에 파흘내에게 과감한 즉석 멘트(실은 맑은 정신으로 정밀하게 계산하고 내뱉은 대사)까지 던진답니다.

"고르는 데 편견을 가질까봐 내 미리 말하지는 않았는데, 사실 금림군 이개윤은 나와 5촌뻘이오."

지금이야 5촌이면 집안에 따라 가까울 수도 있고, 뻘쭘할 수도 있고, 아예 남일 수도 있는 사이지만 전통 사회에서는 가족이나 마찬가지였지요. 종친 중에서도 진짜 종친, 완전한 근족이란 뜻이지요. 예, 당신의 냉정한 지적대로 효종 말을 액면가 그대로 받아들여서는 안 되겠지요. 속 깊은 효종이 아무 생각 없이 소금도 치지 않은 싱거운 말을 툭 내던지지는 않았을 테니. 그렇다면 효종이 이 말을 파흘내 앞에서 한 저의는 무엇일까요? 그렇지요. 친딸이 너무 어려 어쩔 수 없이 종친 처녀를 골라 보내지만 그 처녀가 원족인 집안의 자녀가 아니라 이름만 종친이며, 형식상 근족이라 불리기는 하나 가족같이 가까운 종친의 딸이었다는 사실을 파흘내가 알아듣기 쉽도록 콕콕 집어 강조한 것이지요.

하지만 말이에요. 뭐, 이쯤 되면 하나 마나한 설명이겠지만 이건 뻥 대장 효종의 또 다른 뻥이랍니다. 사실 금림군은 효종의 10촌 할아버지뻘에요. 그러니까 이개윤의 딸, 아니 의순공주는 11촌뻘인 거예요. 이거야 무슨 '뻘'이라기보다는 질퍽한 개펄 수준이네요. 지금으로 치면 완벽한 남이니까요. 11촌이라면 유교 윤리가 득세하던 조선 시대라도 가족같이 가까운 친족이라 부르기에는 한참 민망한 관계랍니다.

하지만 뻥이라도 꼭 나쁘게만 볼 일은 아니라는 것을 강조하고 싶어요. 의순공주의 입장에서는(이쯤 되면 이 의순공주라는 이름도 그리 아름다운 이름은 아니라는 것을 눈치챘을 거예요. 전후사정을 아는 이들이라면 술안주 삼기에 딱 좋은 이름이지요. 도대체 무엇이 정의롭다는 거예요? 하지만 의순공주라는 이름이 이개윤의 딸이라는 짜증나는 호칭보다는 몇 곱절 낫게 들리는 것은 사실이니—그래도 공주잖아요! 신데렐라를 보며 그 누구도 '재투성이'라는 원래 뜻을 생각하지 않듯 의순공주도 모르는 사람이 보기에는 흠잡을 데 없는 완벽한 공주니까요!—앞으로도 그냥 의순공주라고 부를게요) 효종의 11촌보다는 6촌지간이라는 것이 머나먼 이국에서 살아가는 데 여러모로 유리할 테니까요. 말이 좀 웃기기는 하지만 뻥은 뻥이되, 아름답고 창조적이고 공익적인 뻥인 거예요. 그러니 효종의 촌수 조작 같은 지질한 문제로 시간을 끄는 미련스러운 짓은 하지 않기로 해요.

2

앞으로 확 달려나가기 전에 네가 먼저니 내가 먼저니 하는 국제 특허 분쟁을 막기 위해서라도, 게다가 요즈음에는 표절 문제에 특히 민감하니까, 여기서 꼭 짚고 넘어갈 것이 있답니다. 사실 공주 아닌 여자를 공주로 만드는 것은 '세계 최초'를 유달리 좋아하는 우리나라 사람들에게는 좀 아쉽게도 효종의 특허 기술은 아니에요. 기원을 따지면 한나라 때까지 올라간답니다.

그 당시 한나라의 골칫거리는 흉노라는 초특급 오랑캐 집단이었지요(이 강인한 집단의 일원이었던 김일제金日磾가 신라와도 연관이 있다는 '설'이 있지요. 물론 그렇지 않다는 '설'도 있고요. 당신의 말초 감각을 자극할 흥미로운 역사 이야기지만 나는 《환단고기桓檀古記》식의 고대사, 우리 조상들이 창과 화살로 중원을 벌벌 떨게 했다더라 하는 식의 무협지 같은 서술은 딱 질색이라 그냥 넘어갈 생각이니 궁금하면 직접 알아보도록 하세요). 처음에는 강인한 유방劉邦의 후예답게 상대를 가리지 않고 무조건 한판 붙고 보는 끝장 승부만을 즐겼던 한나라는 얼마 되지 않아 아무리 주먹을 내밀어도 끝이 나지 않는 피곤한 전쟁보다 아름다운 '여자' 한 명이 훨씬 잘 먹힌다는 사실을 알았어요. 그럴듯하게 생긴 양갓집 여자, 혹은 궁녀, 혹은 종친 여자에게 '공주'란 칭호를 붙이고 선물을 잔뜩 안겨 보내면 흉노에서는 너무 좋아 끽소리도 하지 않는다는 사실을 알았어요. 그 대표적인 여자가 바로 왕소군王昭君이에요. 왕소군이야 너무나 유명하니(문인들은 이런 비운의 여자에게 특히 환장하는 법이거든요. 그래서 한 가닥 한다 싶은 이들은 다들 한 문장씩 읊어주었지요.)[2] 당신도 분명 한 번쯤은 들어본 적이 있겠지요?

그런데 후대에 얻은 신화적인 명성과는 달리 정사인 《한서漢書》에 기록된 내용은 의외로 너무나 간단해요. 흉노 대빵인 호한야呼韓邪 선우單于(이름부터 초원 필이 가득하지요!)가 한나라의 사위가 되고 싶다고 하자 이를 기특하게 여긴 원제元帝(중국식 망발. 실은 다행으

---

2   기왕이면 두보杜甫의 것이 좋겠다. 홍상훈의 《한시 읽기의 즐거움》에서 인용했다. "한나라 궁궐 떠나니 북방의 사막만 이어지고, 푸른 무덤만 남아 황혼을 향한다. 그림에서 아름다운 얼굴 알아보지 못하고, 패물따라 부질없이 달밤의 혼만 돌아왔네."

로 여겼겠지요)는 여러 궁녀 가운데 스스로 가겠다고 나선(그럴 리가 있겠어요? 약 먹었어요?) 왕소군을 공주로 만들어 선우에게 주며 어깨를 툭툭 두드려주었다, 는 말도 안 되게 훈훈한 이야기예요. 번국과의 화평을 위해 보낸다는 뜻의 화번공주和蕃公主라는 용어까지 있으니 공주 만들기는 꽤 여러 번 있었던 사례임을 알 수 있지요.

하지만 그거야 중국 이야기고 조선의 사정은 좀 달랐지요. 아무리 좋은 이름을 가져다 붙여도 오랑캐 되놈 잡놈에게 잘 자란 조선 여자 하나를 그냥 보내는 것이었으니까요. 중국 황제들은 전쟁을 하면 이길 수 있기는 하지만 주먹이 아프기도 하고 신경이 거슬리기도 하고 월드 피스를 존중해서 하지 않는 것이라는 식의 교묘한 자부심으로 위안이라도 삼을 수 있었을 거예요. 하지만 꿈에서도 그런 식으로는 생각할 수 없었던 효종(심양에서 오랑캐들의 살 떨리는 실력을 두 눈으로 똑똑히 보고 왔기에)에게는 그저 굴욕감만 안겨주는 상황이었겠지요.

이 때문에 의순공주가 떠나는 날 효종은 궁궐에 가만히 있지 못하고 공주를 전송하기 위해 모화관 밖까지 나갔어요. 가는 길이 외롭지 않도록 열여섯 명의 시녀[3]와 유모 등도 두루 붙여주었고, 조선으로 다시 오지 못할 마지막 길인 만큼 오빠들도 함께 가도록 조치를 취했지요.

심심풀이 땅콩 삼아 남자들이 특히 환장하는 종류의 여담을 하나 들려줄게요. 원제는 왕소군을 흉노로 보내는 날이 되어서야 처음으로 보았는데, 보자마자 완전히 쇼크를 먹어 그 자리에 자빠질 뻔했어요. 아! 미녀도 그런 미녀가 없었던 거예요. 왕소군에 비하면 궁에 남아 있는 것들은 버러지나 다름없었어요. 그래서 어떻게 했냐고요? 어떻게 하긴요, 왕소군을 눈물(?)로 떠나보낸 뒤 왕소군의 얼굴을 못생기게 그렸던 화공(왕소군에게는 화공에게 예쁘게 그려달라고 뇌물을 줄 돈이 없었다지요)을 잡아다 죽였다지요. 원제의 안타까운 마음이야 알 바 아니었던 왕소군은 뇌물 없이 미모를 평가하는 정정당당한 나라 흉노로 가서 아들딸 낳고 잘 먹고 잘살았다는 무척이나 아름다운 이야기랍니다!

---

3   이들 시녀가 얼마 후 큰 분란을 일으키는 원인을 제공하니 파흘내와 효종의 문답을 잠깐 살펴보고 넘어가는 것이 좋겠다. 효종 원년 3월 20일 실록 기사로, 원저자가 인용한 글 바로 다음에 있다.
"파흘내가 또 말했다.
'조신朝臣의 딸을 시녀侍女로 충당해야 하겠습니다.'
상이 말했다.
'내가 종실의 딸을 양녀로 삼아서 들여보내는데, 어떻게 용잡한 여자들을 같이 가게 하겠소이까?'"
'용잡하다'는 쓸데없이 번잡하고 자질구레하다는 뜻이다. 효종의 말은, 조신의 딸은 용잡해서 같이 가게 할 수 없다는 뜻이다. 효종은 어떤 여자들을 시녀로 보내려고 이런 말을 했을까? 효종이 시녀로 뽑은 용잡하지 않은 여자들은 바로 노비들이었다. 이 사실을 기억하면 다음 장에 등장하는 도르곤의 불만을 보다 잘 이해할 수 있을 것이다.

3

이제 정말 중요한 이야기를 할 차례예요. 생각할 것이 많은 것은 알 겠지만 조금만 더 집중하세요. **황부 섭정왕은 하고 많은 표현 가운 데 왜 하필 '외설猥褻'이란 '요상한' 단어를 문서에다 떡하니 썼을까 요?**[4]

표준국어대사전에서 외설의 뜻을 찾아보았어요. '사람의 성욕을 함부로 자극해서 난잡함'이라고 되어 있네요. 비슷한 말은 '음란이

---

4   실록의 원문은 "恐王以爲輕褻"이며, 이를 "왕께서 혹 외설스럽게 생각하실까 두렵소" 로 번역을 했다. '외설'이라 표현할 수 있겠다 싶은 마음도 들지만 조금 과한 번역이 아닌가 싶은 생각도 들기는 한다. 그러나 전후좌우 상황을 두루 검토해보면 '외설'보다 더 적절한 단어 또한 없겠다 싶다.

고요. 당신 생각은 어떤가요? 잘 모르기도 하고 대충 보아도 민감한 문제에 괜히 발 벗고 나서보았자 잘되면 본전이고 잘못되면 피박을 뒤집어쓸 것이 분명하니 이 문제에 대해서는 정치꾼들의 전형적인 수법인 묵묵부답 전략을 고수하겠다고요? 좋아요. 그렇게 결정했다면 굳이 더 묻지는 않을게요. 대신 잘 들으세요.

내 생각에 황부 섭정왕 도르곤은 외설과는 거리가 먼 사람이에요. 도르곤이 보낸 문서를 다시 한 번 찬찬히 읽어보세요. 먼저 세상을 떠난 비에 대한 안타까운 마음, 본인은 원하지 않으나 간곡하게 말하는(한 번도 아니고 두 번도 아니고 세 번도 아니고 여러 번!) 아랫것들의 정성을 생각해서 번국인 조선에서 새로운 비를 얻으려 하는 그 배려 가득한 마음, 친영의 예에 따라 신부를 데리러 가고 싶으나 황부 섭정왕이라는 직책상 어쩔 수 없이 자리를 지켜야만 하는 그 철저한 멸사봉공의 마음(멸공봉사를 신조로 삼았던 김경징 같은 인간에게는 죽었다 깨어나도 찾아볼 수 없는) 등이 문장 속에서 마구 꿈틀거리고 있지 않나요?[5] 흠, 남자들은 원래 뒤로는 호박씨를 까면서

---

5   김경징과 도르곤을 대비시켰으니 이와 관련 있는 행적을 소개하고 넘어가는 것도 좋겠다. 《조선왕조실록》 인조 15년 2월 8일의 기사가 적당하겠다. 인조가 심양으로 떠나는 소현세자와 봉림대군을 전송하는 장면이다.
"구왕九王(도르곤)이 군사를 거두어 돌아가면서 왕세자와 빈궁, 봉림대군과 부인을 서쪽으로 데리고 갔다. 상이 전송했다. ……구왕이 말했다.

도 말로는 다 그렇게 점잔을 뺐다고요? 물론 그렇긴 하지만 나는 끝까지 황부 섭정왕의 편을 들래요. 황부 섭정왕 도르곤은 입만 살아 있는 평범한 남자들처럼 말로만 떠들어대지 않았지요. 자신의 마음을 담은 진실한 선물을 '한 아름' 보냈잖아요. 저채 600필, 적금 500냥, 은 1만 냥! 한 아름이란 표현은 아무래도 '왕창'으로 바꾸는 것이 좋겠어요. 비단을 바닥에 질질 끌고 갔다는 오세五歲(혹은 傲世 혹은 汚世)[6] 신동 김시습金時習의 전설적인 사례에서 알 수 있듯 이 많은 물건을 두 팔에 안을 수 있는 사람은 없을 테니까요.

'멀리 오셔서 서로 전송하니 실로 매우 감사합니다.'

'가르치지 못한 자식이 지금 따라가니, 대왕께서 가르쳐주시기를 바랍니다.'

'세자의 연세가 저보다 많고, 일에 대처하는 것을 보건대 제가 감히 가르칠 입장이 못 됩니다. 더구나 황제께서 후하게 대우하시니 염려하지 마시기 바랍니다.'

'자식들이 깊은 궁궐에서만 생장했는데, 지금 듣건대 여러 날 동안 노숙露宿해 질병이 벌써 생겼다 합니다. 가는 동안에 온돌방에서 잠을 잘 수 있게 하면 다행이겠습니다.'

'삼가 가르침을 받들겠습니다. 국왕께서 너무 마음을 쓰셔서 건강을 해칠까 매우 두렵습니다. 세자가 가더라도 머지않아 돌아올 것이니, 행여 너무 염려하지 마십시오.'"

심양으로 가는 도중에도 도르곤의 태도는 크게 변하지 않았다. 《심양장계》에는 인조 15년 2월 28일, 소현세자를 대하는 도르곤의 모습이 기록되어 있다.

"왕세자께서 들어가시자 구왕이 일어서서 사람을 시켜 말했습니다.

'전에 이미 만난 적이 있는데 절하는 인사는 생략하고 앉으시지요.'

……차를 내온 뒤 음식상을 들여와서 조용하고 친절하게 대하고 자리를 마쳤습니다. 왕세자께서 나올 때 곁에 있던 사람을 일어나게 하고 구왕도 일어나 전송했습니다."

도르곤의 행적을 치켜세우려 인용한 것은 물론 아니다. 다만 김경징에 비하면 그에게는 그래도 '예의'가 있었다는 사실을 밝히고 싶었을 뿐이다.

6   五歲(다섯 살) 혹은 傲世(세상을 오만하게 내려다봄)가 일반적인 해석이다.

도르곤의 진실한 마음이 담긴 선물을 왕창 받은 효종은 이 선물을 어떻게 했을까요? 왜 《성경》에도 있잖아요, 진실한 마음은 복음을 전파하듯 세상에 널리 퍼뜨려야 합니다. 그래서 효종은 도르곤이 보낸 선물을 대군·왕자·종친·부마·대신 등에게 고루 나누어주고 그래도 남은 것은 호조로 보냅니다. 자기도 모르는 사이에 원수처럼 여기던 서양인의 《성경》 구절을 그대로 실천한 셈이에요.

종친·대신에게 나누어준 이유는 그 작자들의 행적을 들었으니 그래도 알겠는데 하나 관련도 없는 대군·왕자·부마에게 나누어준 이유는 아무리 생각해도 잘 모르겠다고요? 임금의 가족이잖아요. 한 핏줄이잖아요. 효종이 의순공주가 떠날 때 차마 대군을 따라 보낼 수는 없다면서 한 말을 벌써 잊었어요? 효종은 분명 이렇게 이야기했잖아요.

"내가 바로 대군이고 대군이 바로 나인데 정이 어찌 다르겠소이까?"

그러면 이개윤의 이름은 왜 빠졌냐고요? 에이, 드라마의 주요 캐릭터 가운데 하나인 이개윤이 설마 빠졌을 리가 있겠어요? 자신의 가족을 꼼꼼히 챙긴 효종이 이제 진짜 자신의 가족이 된 것이나 마찬가지인 이개윤을 빼놓았을 리가 있겠느냐고요. 기록에 따르면 이개윤은 저채 마흔 필과 은 1,000냥을 받았답니다.

저채, 그러니까 모시 마흔 필과 은 1,000냥, 애매한 숫자에, 고릿적 낡은 단위로만 말하니 감이 잘 오지 않지요? 자, 막간 퀴즈 하나. 이개윤은 많이 받은 것일까요, 적게 받은 것일까요, 아니면 적당히 받은 것일까요? 확실한 결론을 위해 계산기를 좀 두드려보기로 해요. 이개윤은 황부 섭정왕이 보낸 예물 가운데 저채는 6.67퍼센트, 은은 10퍼센트를 받았습니다. 난감하기는 마찬가지네요. 숫자는 나왔는데 참조할 만한 사례가 별로 없어 뭐라 결론 내어 말하기 곤란하네요. 심봉사가 있지 않느냐고요? 그 공양미 300석이요? 당신, 지금 농담하는 거지요? 황부 섭정왕을 감히 돈밖에 모르는 상인들과 비교하는 건가요? 눈 뜬 이개윤을 눈 못 뜬 심봉사와 비교하는 건가요?

머리가 답답할 테니 이쯤에서 한 가지 사실을 더 알려드릴게요. 사실 이개윤이 효종에게서 선물을 받은 것이 이번이 처음은 아니랍니다. 당신도 느꼈겠지만 효종이 아주 염치없는 사람은 아닙니다. 황부 섭정왕이 준 예물로 이개윤에 대한 포상을 끝낼 생각은 애초부터 없었답니다. 효종은 이개윤의 딸을 의순공주로 삼은 직후 이개윤의 집안에 이미 수치로 계산하기 어려운 어마어마한 선물을 하사했어요. 공신 격인 이개윤에게는 종일품에 해당하는 가덕嘉德의 품계, 그리고 비단과 미두米豆를 내렸답니다. 그뿐 아니라 의순공주의 오빠들인 이준李凌과 이수李洙에게 각각 장릉 참봉과 전설사 별검의 관직까지 하사했지요.[7] 이제 좀 고개가 끄덕여지지요? 이게 바로 선물의 정석이에요. 눈에 보이는 선물은 보이지 않는 선물에 비하면 그저 껍값이지요.

다시 말하지만 이러한 아름다운 일은 '외설'과는 하등 관련이 없어요. 황부 섭정왕과 효종은 진심으로 고마워서 선물을 주고받은 것이지, 천하디 천한 상인들도 아닌데 처녀를 물건처럼 사고파는 상황이 괜히 민망해 그 하늘처럼 넓고 큰 민망함을 손바닥으로 무마할 속셈으로 이것저것을 자꾸 떠안긴 것은 결코 아니라는 뜻이에요.

내 결론은 이렇답니다. 황부 섭정왕도, 효종도 할 만큼은 했어요. 그런데 왜 황부 섭정왕은 하고많은 말 가운데 외설이란 말을 써서 사람을 헷갈리게 한 것인지 도무지 그 이유를 모르겠어요.

---

7   이준과 이수가 받은 관직이 사실 그리 대단한 것은 아니다. 능참봉은 말 그대로 능참봉이니 더 말할 것 없고, 전설사는 민족문화대백과사전에 따르면, 식전式典에 사용하는 장막의 공급을 관장하던 기관이다. 능참봉은 종구품이고, 전설사 별검은 정팔품 혹은 종팔품인데 녹봉은 따로 없다고 되어 있으니 그야말로 오십보백보다. 물론 일 없이 손가락만 빨고 있는 것보다는 오십 배, 백배 낫지만 말이다.

진짜 공주 숙정의
짧고도 굵었던
결혼 생활

1.

효종 10년(1659) 4월. 12일, 당대 최고의 근본주의자이자 쓴말 제조기이자 평지풍파 제조 공장장인 송시열[8]은 임금 앞에서 숙정공주를 모질게 성토한다.

"동평위東平尉가 자기 집을 인경궁 옛터에다 지었다고 합니다. 인

---

8   유교 근본주의자 송시열이 의외로 의순공주에 대해 언급한 적이 있다. 송시열은 윤여임尹汝任에게 보낸 편지에서 의순공주 사태에 대한 안타까움을 "황곡黃鵠의 원한"이란 말로 표현했다. 한 무제武帝 시절 의순공주 사건과 비슷한 사건이 있었다. 종친의 딸을 공주로 만들어 오손烏孫에게 시집보낸 것이다. 그때 그 공주가 지은 노래가 바로 〈황곡의 노래〉다.
"고국 땅이 그리워 마음만 아프네. 차라리 황곡이 되어 날아갔으면."
황곡은 '고니'를 말한다. 그러나 송시열이 공식석상에서 이와 같은 의견을 표했던 것 같지는 않다. 내 생각에 노회하다는 말이 딱 어울리는 그에게 의순공주는 그저 안타깝지만 재수 없어서 걸린 여자 그 이상은 아니었던 것 같다.

경궁은 인목왕후仁穆王后께서 승하하시고, 선왕께서 병을 조리하셨던 곳인데 어찌 공주가 거처할 만한 장소겠습니까? 동평위의 집을 철거하소서."

동평위는 숙정공주의 남편 정재륜鄭載崙을 말한다. 숙정공주는 효종 7년(1656) 8월, 정재륜과 혼례를 치렀다. 이때 숙정공주는 열두 살, 정재륜은 아홉 살이었다. 부부가 되기에는 둘 다 아직 어린 나이였지만 호환마마보다 더 무서운 칙사가 언제 또 닥칠지 모르는 상황에서는 최선의 선택이었을 것이다. 한동안 궁궐에 거처하던 부부는 효종 9년(1659) 마침내 둘만의 공간을 가진다. 그런데 집을 지은 장소가 문제였다. 선조의 계비인 인목왕후가 세상을 떠나고 인조가 병을 조리하던 장소였던 것. 당신이 알아듣기 쉽게 요약해 말하자면 공주와 부마가 살기에는 격이 맞지 않는 지나치게 넓고 훌륭한 공간이란 뜻이다. 우군인지 적군인지 항상 헷갈리게 만드는 서인 대빵 송시열의 정밀 타격에 효종은 구차한 논리로 엉성한 방어막을 폈다.

"모두들 무방하다고 했기 때문에 허락한 것이오. 따라서 이제 와서 허는 것은 좀 곤란하겠소. 일찍 이런 말을 듣지 못한 것이 한스럽구려. 그래도 거처하는 곳이 정전正殿의 옛터는 아니니 크게 해로울 것은 없을 것 같소."

모두가 무방하다고 해서 그리했다? 이제 무방하지 않다는 사실을 알았으니 집을 허물라는 송시열의 논리적인 공격에는 어떤 수단을 썼을까? 사나이 효종은 참정치가였다. 무슨 말이냐고? 모르쇠로 일관했다.

2.

현종顯宗 원년(1660) 7월 11일, 현종은 세도가의 종들이 사산의 소나무를 마구 베어간다는 보고를 접한다. 사산은 백악산·인왕산·남산·낙산을 말하는데 국가 소유인 사산 소나무의 벌목은 명백한 불법이었다. 현종은 대노해 이렇게 말했다.

"이는 국가 기강이 엄하지 못해 사람들이 법을 무서워하지 않기 때문이다. 부리는 종이 금령을 범한 것을 그의 상전이 모를 리가 없다. 그 상전을 잡아 가두도록 해라."

현종의 분노는 길지 않았다. 그 상전들의 이름을 직접 확인하고는 곧바로 수그러든다. 그 상전들은 종친과 사위 들이었고, 그 사위 중에는 정재륜의 이름도 있었다. 그래서 현종은 그저 이렇게만 말한다.

"먼저의 명령을 그대로 적용하지는 마라. 다만 파직한 후에 추고함으로써 다른 사람들에게 경계가 되도록 해라."

3.

현종 3년(1662) 7월 13일의 실록 기사는 이렇다.

숙정·숙안 두 공주가 임금의 허락을 받았다는 핑계를 대고, 신천·
재령 등지의 민전民田을 불법으로 탈취했다.

조선 시대 공무원들의 반응이 꽤 흥미롭다. 그들은 두 공주의
불법 행위를 방조한 수준에 머물지 않았다. 실제 공주들의 이익을
위해 아예 두 팔 걷어붙이고 적극적으로 협조를 했다.

아첨할 목적으로 꾀를 내어 허다한 민전을 모조리 궁가의 소속으로
만들었으므로 백성이 생업을 잃고 원망하는 소리가 하늘을 찔렀다.

이 기사의 내용은 너무 명확해서 더 보탤 것이 없다. 씁쓸한 가
운데 그나마 흥미로운 것은 숙정공주가 드디어 주연으로 등장했다
는 사실이다. 아직 10대인 숙정공주[9]의 재테크 실력이 강남 복부인

---

[9]   숙정공주에 대해서는 결이 조금 다른 이야기도 전한다. 심노숭沈魯崇의 《자저실
기自著實紀》에서 인용한다.
"정재륜의 아버지 정태화鄭太和는 숙정공주를 다른 며느리와 똑같이 대했다. 마루에 누

수준 이상이었음을 알 수 있는 대목이다.

4.

숙종肅宗 7년(1681) 7월 12일, 정재륜의 상소가 올라온다. 어디선가
본 듯한 익숙한 패턴에 슬슬 지겨워지기 시작했을 테니 거두절미
하고 핵심만 말하면 재혼을 하게 해달라는 것이다. 아버지의 완벽
한 비호에도 숙정공주는 오래 살지 못했다. 현종 9년(1668), 스물넷
나이로 세상을 떠났다. 누이에 대한 현종의 애정은 각별했던 모양
이다. 현종은 사흘 동안 정무를 보지 않았을 뿐 아니라 장례물품
이 미비하다는 이유로 불같이 화를 내고는 예관을 잡아다 족치라
는 명령까지 내렸다.

　현종 9년에 부인이 죽었으니 숙종 7년 당시 정재륜은 14년째 홀
아비였다. 혼자 놀기의 달인이라도 되는 것처럼 그동안 혼자서 밥 먹

우면 공주가 머릿니를 잡아주는 것이 좋은 예였다. 그 소식을 들은 효종이 처음에는 격
분해서 소리쳤다.
'너무 심한 것 아니냐.'
조금 후에는 한숨을 쉬며 말했다.
'남의 며느리가 되었으니 어쩌겠는가?'
심노숭은 그럴 가능성이 높기는 해도 아마 근거 없는 소문이리라 단언했다. 마루에 누
워 공주 며느리에게 이를 잡게 하는 광경은 상상만으로도 유쾌하지만 이 정도 이야기
에 즐거워하는 내 자신이 한심하게 느껴지는 것 또한 사실이다.

고 술 먹고 잘 견디었던 정재륜이 갑자기 재혼을 청한 이유는 무엇일까? 1년 전, 하나뿐인 아들이 자신보다 먼저 저세상으로 갔기 때문이다. 가문을 위해 대를 이어야 하는 상황에 봉착했기 때문이다. 숙종은 정재륜이 처한 예외적인 상황을 고려해 재혼을 허락했다.

"후처後妻를 맞아들이고자 한다는 청을 특별히 허락하겠소. 이미 끊어진 후사를 잇도록 하시오."

하지만 웬걸, 대신들이 왕의 결정을 받아들이지 않았다. 대신들은 왕가의 사위가 재혼하는 것은 윤리상 있을 수 없는 일이라고 주장했다. 결국 승리한 것은 윤리의 무기(물론 정략의 구실에 지나지 않았지만)를 앞세운 대신들이었다. 대신들은 거기에 만족하지 않고 아예 부마 재혼 금지법을 만들어 올렸다. '선빵'을 허용한 숙종은 어쩔 수 없이 이를 재가했다(물론 숙종은 훗날 대신들을 아예 골로 보내버리는 '환국' 강편치를 휘둘러, 당하고는 못 사는 자신의 성깔을 만방에 입증했다). 정재륜은 경종景宗 3년(1723) 세상을 떠났다. 일흔여섯에 죽었으니 홀아비로 55년을 산 것이다. 냉정히 말하자면 여자 없이 혼자 살았다는 뜻은 아니다. 공식적으로 재혼을 하지 못했다는 뜻일 뿐이다.

자료를 찾다보니 의순공주의 호행사였던 원두표의 이름도 나온다. 효종이 즉위하자(1649) 원두표는 아래와 같은 고언을 했다.

"웅장하고 화려한 궁실이 한 마을 전체에 뻗쳐 있는가 하면 왕실 소속의 전원田園이 넓은 땅을 점령한 채 여러 고을에 두루 차 있습니다."

읽는 당신은 웬일로 쓴 말을 하는 기특한 사람이 하나 있네, 하고 생각할 수도 있겠다. 13년 후인 현종 3년에는 좀 다른 기사가 등장한다.

요망한 첩妾에게 듬뿍 빠져 그녀를 부유하게 만들어줄 심산으로 남의 노비와 토지를 약탈해 욕심을 채워주었다. 거기에다 저택은 사치스러웠고 전원은 광활했다.

또다시 원두표 이야기다. 여자 때문에 사람이 변했는가 싶지만 실은 그렇지가 않다. 위의 기사 바로 앞줄에는 이런 문장이 있다.

그의 손자가 부마가 되자 원두표의 위세가 하늘을 찔렀다. 그 위세로 탐욕스러운 행동을 자행하고 뇌물을 공공연히 받았다.

그렇다. 원두표는 어엿한 왕실의 일원이 되었던 것이다. 당신이 묻는다. 그래서 결론이 무엇이냐고.

공주 혹은 공주와 관련된 이들은 노는 것이 일반인과는 달라도 한참 다르다는 말씀. 괜히 진짜 공주가 아니라는 말씀. 이름뿐인 공주와 진짜 공주는 대충 보면 비슷해도 실제로는 절대 같은 종자가 아니라는 말씀.

제4장 달변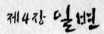

호행사 원두표 등이 북경에서 돌아왔다.
- 효종 원년 8월 27일

도르곤이 처음에 공주를 보고서는 상당히 기뻐하는 기색을 나타냈으며 신들도 후하게 대우했다. 그런데 북경에 도착한 후에 갑자기 입장을 바꾸었다. 공주가 아름답지 않고 시녀도 못생겼다는 이유를 들어 온갖 방법으로 힐책을 한 것이다. 그에 대해 적지 않게 우려했던 바, 아니나 다를까 도르곤은 이렇게 말했다.

"선한先汗 때부터 본국에 은혜를 베푼 것이 매우 두터웠고, 나도 국왕에게 사사로이 베푼 은혜가 있다. 그런데 번번이 왜적과 사이가 좋지 않다는 핑계로 성을 쌓고 군사를 훈련시키겠다고 청하니, 이는 필시 그대 나라가 상하 간에 모두 다른 뜻을 가지고 있기 때문이다. 그리고 시녀를 선발해 올리는 일은 명나라 때부터 이미 구례舊例로 되어 있다. 오늘날 일은 그대 나라의 행동을 보려는 것인데, 그대 나라가 꼼꼼하게 제대로 선발하려 하지 않았기 때문에 공주도 내 마음에 들지 않을 뿐 아니라 시녀 역시 못생긴 자가 대부분이다. 그대 나라의 불성실함, 말과 행동이 다름을 여기에서 잘 볼 수 있다."

1

당신, 혹《열하일기熱河日記》라는 책을 읽어본 적이 있나요? 아직, 이라고요? 박지원이 조선 최고의 문인이라는 사실 정도야 귀로 수백 번 넘게 들어서 잘 알고 있지만 그이의 대표작으로 칭송받는《열하일기》를 두 눈으로 직접 읽어본 적은 한 번도 없다고요? 무슨 대역 죄를 지은 것도 아닌데 그렇게 쑥스러워할 필요는 없어요. 박지원이 쓴《열하일기》는 시간 날 때 차차 읽도록 하고(분량이 만만치 않으니 꽤 여러 날을 비워놓아야 할 거예요) 우선은 그중 한 대목을 들려줄 테니 귀 기울여 잘 들어보세요.

그때 벽 사이로 부인의 말소리가 들려왔다. **간드러지고 애교 있는**

소리가 꼭 제비와 꾀꼬리가 우는 것 같았다. 주인집 아낙은 절세가 인이 분명하리라. 나는 담뱃대에 불붙이러 간다고 핑계를 대고 부엌에 들어갔다.

이 대목만 보고서 '훌륭한 고전 작가인 줄 알았는데 이건 또 무슨 이상한 소리야?' 하고 오해할까 싶어 미리 말하지만 사실 《열하일기》는 대단히 훌륭한 책이에요. 당대 청나라에 대해 그토록 세밀하게 관찰하고 집요하게 분석한 책은 《열하일기》 말고는(《북학의北學議》라는 책도 꽤 괜찮기는 한데 좀 딱딱하고 신경질적이에요), 없어요.

물론 내가 인용한 부분만 보아서는 전혀 그런 생각이 들지 않을 거예요(그래서 박지원의 《열하일기》를 추천하는 거예요. 박지원의 《열하일기》는 무엇을 상상하든 그 이상이에요. 왜냐하면 박지원은 단순한 문인이 아니고 이 책은 단순한 일기가 아니거든요). 이럴 때 쓰는 말이 바로 빙산의 일각이겠지요? 나라는 인간이 유독 떠올라 있는 빙산의 일각보다는 숨어 있는 빙산의 나머지 부분, 프로이트식으로 말하자면 '빙산의 무의식'에 훨씬 더 관심을 가지고 있다는 것은 여기까지 함께 온 당신도 충분히 확인했을 테니 책장만 펼치면 이내 드러나는 거대한 빙산의 실체는 나중에 직접 확인하세요.

각설하고 다시 본론으로 돌아가서, 박지원이 이 대목을 《열하일기》에 적은 이유는 도대체 무엇일까요? 그렇지요. 머리 긁적이며 조심스럽게 내뱉는 당신의 말이 딱 맞아요. 남자들이란 동서고금·군자·소인·고자·벽창호·외팔이·외눈박이·외골수를 막론하고 여자의 미모를 다른 요소들보다 몇십 배, 몇백 배, 몇천 배 더 중히 여기기 때문이지요. 천하의 박지원 또한 이국 자색녀의 유혹(비록 실물에 대한 확인 없이 머릿속에서 제멋대로 한 상상이지만)은 그냥 넘기기 힘들었다는 뜻입니다. 물론 박지원은 어느 정도는 전략적인 의도로 자신을 일부러 희화화하고 있기도 한 거고요.

그런데 도대체 웬 박지원, 웬《열하일기》냐고요? 예, 당신의 머리를 복잡하게 만들 생각도 없고, 주제에서 살짝 벗어난 것도 아니까 염려는 붙들어 매세요. 내가 말하고 싶은 것은 도르곤이에요. 도르곤을 말하기 위해 박지원이라는 살 통통한 대어를 끌어다 쓰고 있는 것이지요. 내 의도는 이래요. 이유와 의도가 어찌 되었든 박지원이 여색에 대한 관심을 무슨 중독자라도 된 양 도무지 끊을 수가 없었듯, 도르곤 또한 자색에 대한 관심을 모른 척하려야 모른 척할 수가 없었다는 뜻입니다. 의순공주와 시녀들의 자색에 불만을 품은 도르곤은 결국 지위는 특별해도, 아무리 아닌 척하려 애를 써도 여색, 자색에 관한 한, 결국 지극히 보통 남자였다는 뜻입니다.

아, 도르곤! 우리의 도르곤! 외설을 무릅쓰고 서둘러 예물을 보내면서까지 의순공주가 도착하기만을 손꼽아 기다렸던 남자, 열여섯 살 먹었다는 번국의 공주가 너무 보고 싶어 북경에서 엉덩이 붙이고 진득하게 기다리지 못하고 산해관까지 말 타고 단숨에 달려왔던, 아내 잃고 상심에 빠졌던 과거 따위는 아예 머리를 포맷한 것처럼 깡그리 잊어버렸던, 불혹을 코앞에 둔 서른아홉 살 먹은 남자 도르곤! 그 다급했을 마음을 생각하면 황부 섭정왕 도르곤이 호행사 원두표에게 퍼부었던 막무가내 말들도 넓은 아량으로 이해할 수 있어요. 기대가 크면 실망도 큰 법이니까요. 그 기대가 '자색'에 관한 것이면 더더욱 그런 법이니까요. 그러했기에 도르곤은 자신이 '대청제국'의 실질적인 일인자이자 황부 섭정왕이라는, 제3국 인사가 들어도 멋이 참기름처럼 쫙쫙 흐르는 칭호를 가지고 있다는 사실도 순간적으로 까맣게 잊고 일개 번국의 사신인 원두표에게 공주가 못생겼고, 시녀는 더 못생겼고, 그 밖에도 어쩌고저쩌고하는 엄청 지질한 비난을 따발총처럼 퍼부었던 것이겠고요. 요약하자면 도르곤의 능력·인간성 그런 것과는 하등 관계없는, 수컷으로서 지극히 자연스러운 본능에 따라 자기도 모르게 튀어나온 말이라는 뜻입니다.

예, 맞아요. 고개 갸웃하며 묻는 당신 말대로 문제가 하나 있지요? 도르곤의 대변인도 아니면서 도르곤의 말 한 마디 한 마디를

다 선의의 관점에서 해석하는 것까지도 이해하겠는데 그래도 여전히 남은 문제가 분명 있지요? 그래요, 금림군 이개윤이 효종에게 한 그 충정 가득한 말, 충무공을 진지하게, 혹은 어설프게 코스프레해서 뱉은 바로 그 말이 문제예요.

"신에게는 자색이 뛰어난 딸이 하나 있습니다."

고슴도치도 제 자식은 예쁘게만 보이는 법이라고요? 어느 사진에선가 보았는데 조선의 궁녀들이 상상 밖으로 못생겨서 입안에 든 것들을 다 내뿜을 뻔한 적이 있다고요? 한 나라의 임금이란 작자들이 그런 여자들의 어디가 좋다고 물고 빨고 품고 때로는 환장해서 진짜 마누라까지 쫓아내는 만행을 비일비재하게 저질렀는지 도통 이해가 안 된다고요? 궁녀의 용모에 대해서는 뭐라 한마디 하고 넘어가고 싶지만(물고 빨고 하는 그 자극적인 표현도 이 상황에서는 마음에 안 들지만) 그 말을 꺼냈다가는 동양과 서양의 다른 용모 기준, 당대의 이념 체계와 사회 구조 또는 경제 상황 등을 다 언급하느라 이야기가 한정 없이 길어질 테니 그냥 넘어가고 고슴도치 운운하는 말에만 토를 달겠어요.

백에 아흔아홉은 그 말이 맞아요. 수능 문제였다면 부모 눈에만 어여뻐 보이지 실제로는 더럽게 못생겼다, 가 정답일 가능성이 높지만 이 경우에는 좀 달라요. 그 시절 남자들이 의순공주의 자색에 만족해 내뱉은 황홀한 멘트며 행동들이 실록 곳곳에 별처럼 흩어져 있으니까요.

먼저 종부시 제조 오준. 대신들 앞에서 종부시 제조 오준이 의순공주의 자색 운운했던 사실을 벌써 잊진 않았겠지요? 그리고 파흘내. 열여섯 명의 종친 처녀 가운데 의순공주를 족집게로 딱 골라낸 것은 바로 파흘내예요. 파흘내는 도르곤과 꽤 가까운 근족, 그러니까 종친입니다. 도르곤의 취향을 제국의 그 누구보다도 잘 아는 이라는 뜻이지요. 그런 파흘내가 도르곤이 눈살 찌푸릴 만큼 못생긴 처녀를 골라놓고, 자 이것으로 되었다, 하고는 만족해서 청나라로 돌아갔겠습니까? 도르곤과 척을 지거나 한판 뜨기로 작정을 했다면 몰라도 일처리 과정에서 보여준 파흘내의 신경증적인 철두철미함과 은근슬쩍 노출한 노심초사로 볼 때 절대 그러했을 것 같지는 않지요. 그다음은 효종. 남자의 마음은 남자가 잘 아는 법이라면서요? 궁녀들에게도 대빵인 그의 사회적·경제적 위치로 볼 때 여자의 자색에 대한 안목이 다른 이보다 월등히 높아야 정상인 효종이 의순공주를 보고는 되었다, 마음먹은 것을 보면 의순공주의 자색은 당대 평균을 상회함이 틀림없습니다. 허나 지금 나열한 증거보다 더 결정적인 것이 있지요. 원두표는 효종에게 바치는 보고서의 첫 문장을 이렇게 시작했지요.

도르곤이 처음에 공주를 보고서는 상당히 기뻐하는 기색을 나타냈으며 신들도 후하게 대우했습니다.

이쯤 되면 말 다했지요. 그러니까 발언 당사자인 도르곤도 처음에는 공주의 자색에 무척 만족했다는 뜻입니다. 하지만 당신도 알다시피 도르곤은 채신머리없게 얼마 되지 않아 금방 자신의 발언을 뒤집었지요. 예, 구린 상황입니다. 분명히 뭔가 문제가 있는 상황입니다. 그러니 이제 우리는 셜록 홈즈(이 경우에는 프로파일러가 더 낫겠군요)가 되어 이 알쏭달쏭한 미스터리를 풀어야 합니다. 힌트요? 모든 미스터리 풀이가 그렇듯 일이 일어난 장소와 시간, 그리고 정황 증거들(범행 현장과 알리바이와 범행 동기!)이 가장 중요하겠지요. 도르곤이 용모로 생트집을 잡기 시작한 것은 산해관에서 의순공주와 혼례를 치르고 북경으로 돌아간 후의 일입니다. 산해관에서는 마음에 들었는데 북경에서는 싫어졌다? 자, 그러면 일은 한결 간단해졌어요. 산해관과 북경, 즉 청 제국 주변과 중심 그 넓은 땅 사이에서 도대체 무슨 일이 있었는지만 알아내면 되는 것이니까요.

이 흥미진진한 문제를 본격적으로 다루기 전, 내가 시침 떼고 일부러 답을 미루어두었던 문제까지 이리저리 질질 끌고 다닐 필요는 없으니 이 정도쯤에서 해결을 하고 넘어가기로 해요. 부엌에 들어

간 박지원은 고대하던 상상속의 이국 자색녀를 만난답니다. 그가
묘사한 여자의 용모는 이렇습니다.

나이 오십 이상 되어 보이는 한 부인이 창 앞의 걸상에 앉았는데,
얼굴이 아주 험상궂고 못생겼다.

부인의 용모를 확인한 후 속으로 18, 십팔, 十八을 외치며 담뱃대
에 팍, 불을 붙였을 박지원을 생각하니 웃음이 푹, 터지네요. 어때
요, 《열하일기》란 책, 박지원이라는 인간, 은근히 당기는 구석이 있
지요?

그러면 다시 본론으로 돌아가도록 해요. 산해관에서 북경에 도착

하기까지[1] 도대체 무슨 일이 있었던 것일까요? 이 궁금증을 해결하

---

[1]　그 이전에 산해관(정확한 지명은 산해관 인근 '연산'이다)에 가는 도중에 생긴 일을 한 두 가지 언급하고 싶다. 먼저 호행사 문제. 청나라가 원한 인물은 인평대군麟坪大君이었으나 효종이 "내가 바로 대군이고 대군이 바로 나"라는 일견 그럴듯하면서도 생각할수록 고개를 가로젓게 되는 기묘한 발언으로 호행사 임명을 거절한 사실은 기억하고 있으리라 믿는다. 효종이 인평대군 대신 찍은 인물은 종친인 영양군 이현李儇이었다. 그러나 이현 또한 아버지의 병을 이유로 고사한다. 대군·종친이 안 되니 다음은 대신이다. 그래서 결정된 인물이 바로 공조판서 원두표였다. 어차피 혼례도감당상으로 일했던 바, 끝까지 책임을 지도록 한 것이다. 도르곤에게 보낼 처녀를 고를 때와 별반 다르지 않은 풍경이다. 다음은 의순공주의 기개를 보여주는 드문 일화 하나. 역관 정명수는 산해관으로 가는 도중에도 은화 약탈에 열을 올리는 등 평소의 습성을 조금도 버리지 않았다. 그 사실을 안 의순공주가 정명수를 불러 말했다.
"내가 들어가서 섭정왕한테 이 사실을 고하면 자네는 어떻게 될까?"

기 위해 참조할 사료가 있으면 좋겠지만 사료들이 대개 전쟁·외교 등의 크고 거창한 문제에만 관심을 가지는 까닭에 이 문제의 해결에 도움을 줄 만한 사료를 구하기는 하늘에서 니은 자 모양 별 따기에 가깝답니다. 우리의 의순공주가 송덕봉宋德峯이나 김삼의당金三宜堂이나 김금원金錦園[2] 같은 소문난 여류문사들처럼 글 쓰는 취미가 있어 규방의 일을 낱낱이 기록해놓았다면 또 모르겠지만 현재까지의 자료들로 볼 때 그런 증거는 어디에도 없으니 이럴 때 내가쓸 수 있는 방법은 하나뿐입니다. 감! 사학과 출신 전직 FBI, 아니 FGI(Focus Group Interview)[3] 담당자의 감! 사료를 정밀하게 읽은 후 떠오르는 감에 의존해 적절한 가설을 세우고 과학을 동원해 검증

그래서 정명수가 깨갱, 하고는 꼬리를 내렸다는 이야기다. 유쾌한 이야기이나 유쾌한 만큼 씁쓸하다. 왜? 이야기가 비현실적이기 때문이다. 김류도 껴안고 싶어 하고, 소현세자도 어쩌지 못한 정명수를 (눈치 백단인데다가 정보 수집에 있어서는 국정원장급인 정명수는 의순공주가 가짜라는 사실도 다 알고 있는데) 의순공주가 과연 혼낼 수 있었을까?

2   송덕봉은 유희춘柳希春의 부인이다. 당대의 문장가였던 남편과 시를 주고받으며 친구처럼 지냈다. 친구답게 쓴 말을 참 많이도 했다. 김삼의당은 하립河砬의 부인이다. 남편을 어르고 달래가며, 때로는 공부까지 시켜가며 과거에 급제시키기 위해 애를 썼으나 실패했다. 김금원은 기생 출신이라 남편을 논하는 것은 별 의미가 없다. 남장을 하고 금강산을 여행했다. 친구들과 시회를 결성하기도 했다. 셋의 공통점은 자아에 대한 자긍심이 대단했다는 것이다.

3   집단 심층 면접법. 정성분석의 일종으로 소수의 소비자에게서 깊이 있는 의견을 듣고자 할 때 흔히 쓰인다.

하는 방법(이 경우 과학적인 검증이 가능한지는 의문이지만 말이에요!), 오직 그 하나뿐입니다.

첫 번째 가설

조선이 기고만장해하는 꼴을 두 눈 뜨고는 절대로 볼 수 없다!

앞서 대대장에게 한 소리 들은 중대장이 열불을 참지 못하고 한밤중에 불시 점호하듯 파흘내가 대신들의 딸을 집합시켰던 사건, 기억하지요? 정황으로 보면 그때 파흘내는 이미 '자색이 있는' 의순공주를 데려가기로 마음을 굳혔던 것 같아요. 그럼에도 그 속을 노출하지 않고 굳이 대신들의 딸을 보고 싶다고 하면서 한바탕 야단법석을 불러일으킨 것이지요. 예, 그래요. 그건 일종의 충성도 시험 같은 것이었어요. 비록 의순공주가 처음 본 그 순간부터 마음에 **쏙쏙** 들었지만, 보자마자 단번에 입 벌리고 헤헤, 좋구나 좋아, 하고 속을 투명하게 내비추었다면 번국 제후에 지나지 않는 효종의 어깨가 너무 으쓱해질 것이 염려가 되어 헤살질에 가까운 한바탕 쇼를 벌였다는 뜻입니다(정치판은 쇼 비즈니스의 세계와 참 비슷하지요!).

파흘내가 그 정도인데 도르곤은 어떠했겠습니까? 파흘내보다 훨씬 고단수인 도르곤은 쇼의 달인입니다. 쇼 비즈니스계의 황제입니다. 그래서 의순공주의 자색에 완전히, 아니 자색에 관한 한 완전은 불가능하니까 99퍼센트 만족했음에도 돌연 입장을 바꾸어 "그대 나라의 불성실함, 말과 행동이 다름을 여기에서 더욱 볼 수 있다"고 일부러 원색적인 위협의 단어들을 골라 써 불만을 드러낸 것이지요. 동네 깡패 버전으로 바꾸어 말하면 너희의 일거수일투족을 다 지켜보는 내가 있다, 물건 배달하는 심부름 한 번 잘했다고 어깨에 힘주고 다니지 마라, 옆 동네 괜히 기웃거리지 마라, 그러다 칼침 징하게 맞는다, 뭐, 이런 식인 것이지요.

"번번이 왜적과 사이가 좋지 않다는 핑계로 성을 쌓고 군사를 훈련시키겠다고 청하니, 이는 필시 그대 나라가 상하 간에 모두 다른 뜻을 가지고 있기 때문이다"라는 도르곤의, 조선의 약점을 바늘로 콕 찌르는 말 또한 이 가설을 적극 지지합니다.

두 번째 가설

명나라에 대한 피해 의식이란 유령이 세상을 돌아다닌다!

화이사상華夷思想이란 용어, 들어보았지요? 당신이라면 그 정도는 알리라 믿지만 워낙 개무식을 자랑으로 여기는 세상이라 점검하는 의미에서 다시 설명하자면 화는 중국이고, 이는 오랑캐랍니다. 단순하게 말하면(미안해요. 복잡하게 말해도 결론은 비슷하네요) 명나라는 화고, 청나라는 오랑캐란 뜻이지요. 예, 맞아요. 역시 당신이군요.

중국 입장에서 보면 우리도 사실은 오랑캐에 지나지 않았어요. 역사에 관심 있다는 일부 사람들이 환장하게 좋아하는 용어인 동이東夷가 바로 동쪽 오랑캐란 뜻이니까요.[4]

여기서 질문 하나. 그렇다면 이 화이사상이 가장 극적으로 발현되었던 나라는 어디일까요? 명나라라고요? 꽤 상식적이며 눈치 있는 대답이지만 땡! 정답은 바로, 바로 조선이랍니다(이런 헐! 조선!). 명나라가 멸망한 후에도 대보단大報壇[5]이라는 이름부터 이상한 제

---

[4]　조선의 유자들이 국초부터 '기자 조선'의 실체를 줄곧 강조해온 이유이기도 하다. 은나라 왕족(그들도 사실은 동이족이었다는 설도 있다)인 기자箕子가 와서 자리 잡고 교화한 곳이니 무식하고 예절도 모르는 여타 오랑캐들과는 질적으로 다르다고 말하고 있는 것이다(바꾸어 말하면 오랑캐에도 우열이 있다는 뜻이다). 배우성의 《조선과 중화》에 인용된 양성지梁誠之의 글을 살펴보기로 하자.

"동방은 기자가 주 무왕武王의 봉함을 받은 이후로 홍범의 가르침을 면면히 계승해왔으니…… 문헌의 아름다움도 중화에 비견될 만합니다."

다음은 학봉 김성일金誠一의 글이다.

"무왕이 기자를 우리나라에 봉하고는 빈례賓禮로써 대우해 신하의 나라가 아님을 보이었다. ……팔조八條의 가르침을 세워 백성들을 가르치니, 백성들이 그 덕에 감화되어 드디어 예의의 나라가 되었다."

송시열 또한 빠질 수 없다.

"우리 동방은 본래 기자의 나라다. 기자가 시행한 팔조는 모두 홍범에 근본을 둔 것으로 큰 법도가 행해진 것은 실로 주나라와 같은 때니, 공자가 와서 살려고 한 이유기도 하다."

"공자가 와서" 운운은 《논어》 〈자한子罕〉에 나오는 내용을 염두에 둔 것이다.

"공자가 구이 땅에 살려고 하자 어떤 이가 물었다. '누추한 곳에서 어찌 살려 합니까?' '군자가 거처하는데 누추함이 무슨 문제겠는가?'"

단을 세워 명나라의 황제들을 추모하는 의식을 수백 년 동안 치렀던 나라가 바로 조선이에요(드라마 덕에 우리들 모두 좋아하게 된 인물인 정조 임금도 예외는 아니었지요). 명나라가 멸망하자 진정한 중화는 이제 명나라의 자식인 조선(그래요, 조선 선비들은 정말로 명나라를 아버지로 생각했어요!)에 있다고 주장하며 세상 그 어느 나라도 알아주지 않는 삐뚤어진 자부심을 홀로 지니고 살았던 나라가 바로 조선이에요.

도르곤은 만주족이에요. 만주족은 세력이 커진 후 새로 창작한 이름이고 오랫동안 주위에는 여진으로 알려졌던, 그러니까 저, 아닌데요, 하고 변명을 시도해볼 수도 없는, 100퍼센트 완벽한 오랑캐로 간주되었던 족속이지요. 그러니 도르곤은 중국을 접수하기는 했어도 그놈의 화이사상에는 알레르기 반응을 보일 수밖에 없

---

5   이와 관련해서는 계승범의 《정지된 시간》이란 책을 읽는 것이 좋다. 이 책을 보면 우리가 개명군주로 높이 평가하는 정조 또한 '대보단'에 열렬한 지지를 보냈던 임금이었음을 알 수 있다. 정조는 대보단 제사에 대한 사회적 관심이 줄어드는 것을 염려해 "오랑캐가 중화를 어지럽혀 사해가 누린내 나는 더러운 곳이 되어, 중국의 의관과 윤리가 모두 금수의 지경으로 들어갔는데, 오직 이 동쪽의 한 귀퉁이에서 삼황을 높여 제사 지내고 있으니"라 말하기도 했고, 심지어는 시까지 짓기도 했다. 그 시의 일부를 소개한다.
"산하의 북쪽 끝까지 제하가 다 멸망하니, 우리 동방만 희생과 술의 제향을 드리도다. 수십 권 춘추의리는 묵혀진 지 오래인데, 삼천리 동방에서만 예의를 보전하네."
요즈음 말로 하면 참 쩡한 '의리'다.

습니다. 도르곤이 보기에 조선은 그중에서도 가장 심한 알레르기 유발자예요. 청나라에 두 손 들고, 아니 머리 박아 항복하고 번국이 되었으면 번국답게 행동해야 마땅할 텐데, 겉으로는 고개 숙이는 척하면서 뒤로는 여전히 멸망한 명나라를 그리워하며 눈물 질질 짜고 있으니 짜증이 나는 것이지요.

문제는 짜증이 나기는 하는데, 대청제국의 황부 섭정왕이 그것을 꼬투리를 잡자니 지질해 보인다는 거예요. 그래서 어떻게 했느냐고요? 간단해요(이런 것을 보면 황부 섭정왕은 실용성을 중시하는 인간이었던 것 같아요). 조선이 하는 짓을 그대로 따라 하면 되는 거예요. 무슨 말이냐 하면 일이 생길 때마다 조선이 좋아하는 명나라를 질기게 물고 늘어지는 전략을 쓰는 겁니다. 너희가 하늘처럼 떠받드는 명나라한테는 이렇게 했으면서 명나라를 대신해 중화의 주인이 된 우리한테는 왜 이렇게 하지 않느냐, 하는 식이지요. 이것이 바로 "시녀를 선발해 올리는 일은 명나라 때부터 이미 구례로 되어 있다"라는 말이 나온 이유랍니다. 명나라에 시녀를 보낼 때에는 정성을 다해 선발했으면서 왜 우리한테는 대충대충 뽑은(못생긴, 확 깨는) 시녀들만 보내느냐, 이 뜻이에요.

아하, 이 순간 깨달음이 하나 정수리에 차오르는군요. 의순공주는 예외로 하더라도 시녀들의 자색이 별로였다는 것은 어쩌면 사실일 수도 있었을 것 같네요.[6] 효종의 소심한 저항, 지고 못 사는 은근한 대빵 기질이 그 시녀들의 별로인 자색에 숨어 있었을 것 같은 생각도 드네요(막상 적고 보니 자색 있는 여자를 밝히는 것은 화나 이나 별 차이가 없다는 생각이 들어 화가 나고 이가 갈리는군요. 이 문제를 걸고넘어지면 밤을 새워도 모자랄 테니 우선은 그냥 넘어가기로 해요!).

세 번째 가설
의순공주의 자색이 바뀌었다!

당신이 고소설에 대해 약간의 지식이라도 있다면 이 대목에서는 페이스오프에 성공한 박 씨 부인을 떠올렸을 거예요. 아하, 웃는 것을 보니 당신도 박 씨 부인을 아는군요. 솔직히 말하면 존 우의 〈페이스 오프〉를 먼저 떠올렸다고요? 오우삼을 떠올렸으면 어때

---

6   자존심을 앞세우다 위기에 몰린 효종은 시녀를 다시 보내기로 결정했다. 이를 위해 멀리 함경도와 평안도까지 사람을 보내 시녀 선발 작업에 착수했다. 백성들의 반항은 격렬했다. 효종 원년 9월 9일 기록이다.
"뽑힌 자 중에는 스스로 삭발하는 자도 있었으며 부모와 형제가 도로에서 울부짖었는데, 일고여덟 되는 아이는 거의 모두 혼인시켰다."
여론에 민감한 비변사는 사대부 서녀 가운데 자색이 고운 여자를 한 명 뽑아 "첫머리에 아름답게 보일거리로 삼고 그 나머지는 창기娼妓나 천한 여자를 단장해 보내자"고 제안하기에 이른다. 그러나 이들 시녀들은 청나라로 가는 도중에 되돌아왔다. 도르곤이 급작스럽게 사망했기 때문이다. 앞서 효종의 '금주 선언'은 비변사의 건의가 나온 지 며칠 뒤에 일어났다.

요, 박 씨 부인을 알면 그것으로 된 것이지요.

예? 맞아요. 정색하고 지적한 당신의 말이 딱 맞아요. 사실 박 씨 부인은 적절한 인용이 아니에요. 박 씨 부인의 사례와 의순공주의 사례는 정확히 반대예요. 박 씨 부인은 추녀에서 자색녀가 되었고, 의순공주는 자색녀에서 추녀가 되었어요. 새로운 얼굴을 위해 허물을 벗은 박 씨 부인처럼도 아니라면 안 그래도 출중했던 의순공주의 자색이 바뀌었다는 것은 도대체 무슨 소리일까요? 미리 말하지만 나는 개인적으로 이 개소리에 가까운 가설을 가장 선호한답니다. 이 개소리 가설은 다시 두 가지로 나눌 수가 있어요.

1) **도르곤의 마음이 바뀌었다!** 뭔가 있을 것처럼 잔뜩 설레발놓더니 결국 그렇고 그런 하나마나한 소리였군, 하고 코웃음을 치는군요. 그래서 웃은 것은 아니라고요? 괜찮아요. 정중한 당신마저 코웃음 치게 만들 만큼, 뻔데기 뻔(번데기가 표준어라는 것은 나도 알아요)만큼 뻔한 소리를 해서 미안하긴 하지만 자색이란 것이 원래 뻔하고 또 뻔한, 너무 뻔해서 뻔뻔하고 식상한 그렇고 그런 거잖아요. 똑같은 여자인데도 예뻐 보일 때가 있고 그렇지 않을 때가 있는 거잖아요. 나는 남자들이란 족속의 생각이 육체관계 전후에 어떻게 달라지는지 잘 알고 있어요('잘'이 거슬린다면 '조금'으로 바꿀게요).

의순공주를 처음 보았을 때 도르곤의 마음은 아, 어서 가지고 싶다는 욕망으로 불타올랐을 거예요. 예식이고 뭐고 간에 대충대충 빨리빨리 치르고(현대의 초스피드 결혼식에 비하면 소요시간은 최소 몇 배였겠지요) 의순공주와 단둘이 있고 싶어 속으로 안달복달하느라 그야말로 오줌보가 터질 지경이었겠지요. 도르곤에게 이국에서 온 자색녀 의순공주는 천상의 여신, 그 자체였을 거예요. 이국녀는 흔해도 이국 자색녀는 정말 드무니까요. 그래서 도르곤은 자색을 지닌 이국녀 의순공주와 한동안 좋은 날들을 보냈을 것입니다. 한동안, 한동안, 한동안 말입니다.

하지만 욕망이 점차 충족됨에 따라 자색은 점점 눈에 들어오지 않는 법이에요. 욕망이 사라지면 신기하게 자색 또한 사라져요. 사랑의 유효기간은 3년이라는 연구 조사도 있습니다만 도르곤에게는 그 기간이 보통 사람보다 훨씬 짧았던 모양이에요. 그렇다고 내가 도르곤을 비난하는 것은 아니에요. 분명히 말하지만 나는 오랑캐 잡놈 되놈인 도르곤에게는 별반 앙심을 품고 있지 않답니다!

2) **의순공주의 자색이 진짜 바뀌었다!** 더는 마음은 변하는 것 어쩌고저쩌고 따위의 철 지난 발라드 가사식 변명은 늘어놓지 않을 거예요. 이 가설이 의미하는 바는 그러니까 의순공주의 자색이 진짜, 진짜로 바뀌었다는 거예요. 플라스틱 서저리(난 성형수술이라는 감흥 없는 단어보다는 플라스틱 서저리가 훨씬 마음에 들어요. 왠지 레고 조립하

는 느낌이 들거든요)도 불가능했던 그 시절에 말이에요. 에잇, 이게 도 대체 무슨 말도 안 되는 소리냐고요?

음, 당신도 어렴풋이 눈치챘겠지만 나는 역사적으로 그다지 큰 의미도 없는 이 혼례의 전말을 궁금해할 당신을 위해 이 이야기를 설명하면서 지금껏 단 한 번도 의순공주의 생각을 드러내지 않았 어요. 앞으로도 그럴 생각이에요. 그 이유를 지금쯤은 당신도 어 느 정도 눈치챘을 테고요(맞아요, 소액주주도 못 되는 의순공주에게는 도 대체 발언권이란 것이 없었거든요). 하지만 여기서 아주 잠깐 동안만큼 은 입이 있어도 말을 못하는 우리 여주인공 의순공주의 입장에 서 보렵니다.

의순공주는 자색녀이기에 앞서 자칭 동방예의지국에서 온 이팔 청춘 열여섯 살 처녀입니다. 도르곤은 창과 창이 부딪히는 전쟁터 와 전쟁터보다 더 불꽃 튀는 정계를 누비며 살아온 서른아홉 살 남 자입니다. 나이·경험·지위 등 모든 면에서 달리는 이 처녀가 신방 에서 처음으로 도르곤과 만났어요. 자, 처녀의 심정이 도대체 어떠 했겠습니까? 이 혼례가 어떻게 이루어졌지요? 냉정하게 말하자면 효종과 이개윤이 밀실에서 담합한 결과지요. 국가의 안위를 세상 그 무엇보다 중요하게 여긴 두 아버지는 대개의 아버지들이 그렇듯 안타깝게도 열여섯 의순공주의 마음 따위에는 별반 관심을 가지지 않았지요. 물론 제대로 교육을 받은 조선의 처녀, 그것도 종친의 처녀이기에 오가는 이야기를 얻어듣고 나라를 위한다는 아버지의 뜻에 무조건 따르기로 결심을 하기는 했을 것입니다. 그러했기에 소리 지르지도 않고, 칼부림 자해 소동도 벌이지 않고, 강에도 뛰어들지 않고, 산 넘고 물 건너 산해관까지 왔을 것입니다.

하지만 결심은 결심일 뿐이지요. 생전 처음 보는 오랑캐 남자(황부 섭정왕이건 무엇이건 간에 제일 먼저 떠오른 것은 분명 '오랑캐'였을 거예요)가 신방에 들어와 옷을 벗기려 했을 때 의순공주는 그 이름에 걸맞게 아름다운 대의를 생각하고 공손히 순종을 했을까요? 그러진 않았을 거예요. 그러했다면 열여섯 살 여자가 아니지요. 반항했냐고요? 당신도 참, 그것도 아니에요. 의순공주는 도르곤의 손길을 살짝, 아주 살짝 뿌리쳤을 거예요. 그 시간은 찰나보다도 더 짧았을 거예요. 자신이 처한 상황을 깨달은 의순공주는 자기 행동에 자기가 놀라서는 곧바로 손을 뺐을 테니 말이에요. 하지만 도르곤이 누구예요? 산전수전 공성전 심리전 육박전 다 겪고 여자도 (최소) 수십 명 이상 경험한 도르곤이 의순공주의 짧은 거절의 손길에 담겨 있던 마음을 알아차리지 못했을까요? 그럴 리가 없어요. 당신도 조금만 주의를 기울이면 알 수 있는 것을 도르곤이 몰랐을 리 없어요. 도르곤은 분명히 깨달았을 것입니다. 의순공주가 자신을 남자가 아닌 오랑캐로 여긴다는 것을요. 황부 섭정왕인 자신이 바늘로 변신하더라도 공주의 그 작고 연약한 가슴살 하나 뚫고 들어갈 수 없다는 사실을요.

다시 말하지만 황부 섭정왕은 권력에 맞는 적절한 인품도 지녔어요(일찍이 산해관을 넘어 북경에 진입했을 때 북경 시민 모두가 길가로 나와 두 손 들어 만세를 외치며 도르곤을 맞았다는 전설적인 이야기도 있어요).[7] 아마도 도르곤은 화를 내는 대신 황부 섭정왕다운 아량을 발

---

7 《대청제국》 책에 《대청세조실록大淸世祖實錄》을 인용한 장면이 나온다.
"도르곤이 입성하자 노인과 어린이는 향을 피우고 무릎을 꿇어 환영을 표했다. ……천자가 타던 가마에 오르도록 권하자 도르곤은 이렇게 말했다.
'그 옛날 주공이 무왕을 도와 은나라를 멸망시켰지만, 무왕이 죽은 후에는 어린 성왕을 보좌해 기반을 쌓은 것을 모범으로 삼고 있다. 그러므로 내가 천자가 타던 가마에 오르는 것은 예에 맞지 않다.'
하지만 주위 사람들이 거듭 권하자 도르곤은 '정, 그렇다면' 하는 말을 남기고 승낙했다. ……명의 관리였던 사람들이 모두 엎드려 절하고는 만세 소리를 외쳤다."
도르곤이 무식한 남자가 아니라는 사실, 그럼에도 황제가 되려는 욕심은 분명히 지녔다는 사실이 두루 드러나는 장면이다. 그러나 이를 권력에 맞는 인품으로 받아들일 수 있을까? 과연 북경 시민들이 정복자의 인품에 반해 고개를 숙인 것일까? 북경으로 천도한 후 도르곤이 치발령(변발 스타일로 머리를 자르라는 명령)을 내리자 한인들의 태도가 싹 변했다는 것이 좋은 증거다. '화'와 '이'가 본격적으로 부딪히는 순간 북경 시민들은 도르곤에게 등을 돌렸다. 여기서 궁금증이 하나 생긴다. 청나라가 왜 조선 사람들에게는 변발을 강요하지 않았을까? 이에 대해서는 박지원이 《열하일기》에서 제법 그럴듯한 의견을 밝힌 바가 있다.
"청나라 사람 가운데 청 태종 칸에게 조선 사람의 머리를 깎으라고 권한 사람이 많았는데, 칸은 묵묵히 듣고만 있다가 이에 응하지 않았다. 그러고는 은밀히 여러 패륵에게 말했다.

휘해 의순공주의 등을 조용히 토닥거렸을 것입니다. 며칠 지나면 괜찮아진다고, 아픈 마음은 초원에서 날아온 검은 새가 다 물고 날아갈 것이라고, 공주가 알아듣지도 못하는 유창한 만주어에 통속 소설 필을 잔뜩 담아서는 젊은 여자의 상처받았을 마음을 위로하려 했을 것입니다.

하지만 그것이 위로가 되기는 했겠어요? 그 순간 의순공주에게는 도르곤의 행동과 말이 위로가 아닌 더 큰 절망을 뜻했을 것입니다. 도르곤이 차라리 화라도 냈다면 아, 저놈은 역시 예절과는 담 쌓고 사는 오랑캐 놈이구나, 싸구려 천박한 놈 같으니, 여기고 본전이라도 찾았겠지요. 하지만 자신의 마음을 다 안다는 듯 부드러우면서도 노련하게 말하고 행동하는 황부 섭정왕 앞에서 의순공주는 결국 자신은 황부 섭정왕의 말처럼 되리라는 것, 자신은 황부 섭정왕에게 장모 치와와처럼 다독임을 받는 존재 그 이상은 못 되

─────────

'저 조선은 본디 예의의 나라라고 불리니, 그들은 머리칼을 자신의 목보다 더 아낀다. 만약 강제로 깎게 한다면 우리 군대가 철수한 뒤로는 반드시 본래 상태로 되돌릴 것이니, 차라리 그 풍속을 따르도록 해서 예의에 속박시키는 것이 더 낫다. 저들이 만약 우리 풍속을 배운다면 말을 타고 활을 쏘는 데 편리해질 것이니, 그건 우리에게 유리할 것이 없다.'
우리나라의 처지에서야 다행이지만, 저들의 계산대로라면 우리나라를 정신적으로나 신체적으로나 문약하게 길들이려는 속셈인 것이다.''
박지원의 독설은 너무도 있을 법한 일이라 더 씁쓸하게 들린다.

리라는 깨달음을 얻고는 완벽한 절망에 빠졌을 것입니다.

그래요, 내가 말하는 것은 바로 그 순간이에요. 그 절망의 순간 의순공주의 자색은 확 바뀌었을 거예요. 열여섯 처녀의 빛나는 자색은 그 짧은 순간, 산전수전 공성전 육박전 심리전 수십 명 사내 다 겪은 여인네의 수심 가득하고 빛바랜 그것으로 바뀌었을 거예요.[8]

---

8   권터 그라스의 《게걸음으로》에 등장하는 화자話者 어머니의 극적인 변신을 보충 사례로 들 수 있겠다. 열일곱 소녀였던 화자 어머니는 자신이 타고 있던 배가 침몰하는 순간 머리가 하얗게 셌다. 노벨 문학상 수상자인 권터 그라스가 부담스러우면 디즈녀 애니메이션인 〈라푼젤〉 혹은 미야자키 하야오의 〈하울의 움직이는 성〉도 나쁘지는 않 겠다.

처妻의 의미

조선 남자들이 생각하는 '처의 의미'에 대해 쓴 글로는 박지원의 글만한 것이 없다. 당신을 위해《연암집燕巖集》10권 별집〈엄화계수일罨畫溪蒐逸〉에 실려 있는 편지 한 통을 인용한다.

아내를 잃은 자는 그래도 두 번 세 번 장가라도 들 수 있고, 서너 차례 첩을 들여도 안 될 것이 없네. 마치 의복이 터지고 찢어지면 꿰매고 때우는 것과 같고, 집기가 깨지고 이지러지면 새것으로 다시 바꾸는 것과 같네. 때에 따라서는 후처가 전처보다 나을 수 있고, 때에 따라서는 나는 비록 늙었지만 상대는 새파랗게 젊어서 신혼의 즐거움이 초혼과 재혼 사이에 차이가 없을 수도 있네.

경악하는 당신을 위로하기 전에 박지원부터 변호하겠다. 먼저 요점을 정리하자. 아내의 의미를 비하하려고 쓴 글은 결코 아니라는 사실이 우선은 중요하다. 무슨 말인가 하면 오랜 벗 이덕무李德懋를 잃은 박제가를 위로하기 위해 쓴 글이라는 것이다.[9] 벗이 아내보다 더 소중하다는 것을 강조하려다보니 아내를 비하하는 것처럼 보이는 것뿐, 아내 자체에 대해 비하하려는 의도는 담겨 있지 않다. 의도에 대한 오해는 풀렸겠지만 그래도 뭔가 좀 켕기는 느낌이 드는 것만큼은 사실이다. 《열하일기》에 나오는 다른 글 하나를 더 보고 생각해보기로 한다.

우리나라가 비록 바다 한 구석에 치우쳐 있으나 네 가지 아름다운 점이 있습니다. 첫 번째는 유교를 숭상하는 풍속이고, 두 번째는 홍수 날 염려가 없는 지리고, 세 번째는 소금과 생선을 자급자족하는 것이고, 네 번째는 여자가 두 남자를 섬기지 않는 것입니다.

---

9   이즈음 박제가에게 '불운'이 겹쳤다. 조강지처를 잃은 지 얼마 되지 않아 지기인 이덕무마저 저세상으로 보낸 것이다. 흥미로운 것은 그 이후 박제가의 행적이 박지원의 편지 내용과 일맥상통하는 면이 있다는 것이다. 박제가는 그 당시 안의현감으로 있던 박지원을 만나고 온 후 '장 씨'라는 첩을 맞아들였다. 유득공柳得恭이 쓴 혼서가 재미있다. 안대회의 〈초정 박제가의 인간적 면모와 일상〉이라는 논문에 나오는 이야기다.
"온 하늘에서는 꽃을 뿌리고, 장 씨의 별에서는 빛을 내려보내네."

조선의 아름다운 점을 알려달라는 중국인의 질문에 박지원이 한 답변이다. 당신의 무서운 눈초리를 이번에도 외면하기는 쉽지 않다. 당신이 비난하듯 나를 보는 까닭은 물론 박지원이 유교·지리·소금·생선을 꼽은 후 마지막으로 꼽은 아름다운 점 때문이다. 여자가 두 남자를 섬기지 않는 것을 비록 말미이기는 하나 조선에서 가장 아름다운 것의 하나로 꼽은 그 점 때문이다. 당신은 이 글을 앞의 글과 연관해서 해석한다. 처는 남편보다 소중하지 않은데다가 개가의 자유도 없다는 것이다. 남편은 처를 심심할 때마다 갈아치울 수 있는데 처는 옴짝달싹할 수 없다는 것이다. 그런데도 박지원은 그것이 문제인지도 모른다는 것이다. 자랑으로 여긴다는 것이다.

내 생각은 조금 다르다. 앞서 글에서는 벗을 강조하느라 일부러 처를 무시한 것이다. 뒤의 글을 보면(중국인의 여성관, 여성의 개가에 적극 찬성하는 여성관이 이어지는 것으로 볼 때) 박지원의 속내가 어디에 있는지가 잘 드러난다.[10] 그러나 그렇게 말하지는 않는다. 당신이

---

10 《열하일기》에는 박지원이 자신의 여성관을 노골적으로 드러낸 또 다른 장면이 있다. 중국인들과 조선에 대해 잘못 기록한 중국 책에 관해 논하다가 허난설헌許蘭雪軒의 이야기가 나오자 박지원은 정색을 하고 나선다. 〈태학유관록太學留館錄〉 기록이다. "허봉許篈의 누이 허 씨는 호가 난설헌인데, 여자 도사라고 기록되어 있습니다. 우리나라에는 원래 도교의 사당이나 도사 같은 것은 없답니다. 또 그의 호를 경번당이라고 했

박지원을 지나치게 비판적으로 읽었다면 나는 지나치게 그의 편에 서서 읽었기 때문이다. 당신은 여자의 편에서, 나는 남자의 편에서 읽었기 때문이다. 그래서 결론이 무엇이냐고? 그런 것은 없다. 나는 침묵을 미덕으로 삼으며 그저 바보처럼 빙긋 웃을 뿐이다.

으니 이는 잘못된 것입니다. 허 씨는 김성립金誠立에게 시집을 갔는데 그가 못생겼으므로 친구들이 놀리느라 그의 아내를 경번천景樊川이라고 한 것입니다. 규방의 여성이 시를 짓는다는 것이 원래 아름다운 일도 아닌데다가, 두번천杜樊川을 사모한다는 소문이 전해졌으니 어찌 원통하지 않겠습니까?"

번천樊川은 당나라 시인 두목杜牧의 자고, 경번景樊은 허난설헌의 자다. 박지원은 허난설헌에 대한 잘못된 정보를 수정해주면서 여성 시인에 대한 불쾌감을 살짝 드러냈다. 박지원은 이 이야기를 〈피서록避暑錄〉에서 다시 한 번 꺼낸다. 앞서 한 이야기와 비슷한 이야기를 다시 적은 후 마침내 그의 본심을 모두 드러낸다.

"규중에 있는 여성이 시를 읊조린다는 것이 본시 아름다운 일은 아니지만 외국의 여자로서 그 이름이 중국에까지 퍼졌다는 것은 꽤 명예로운 일이다. 그러나 우리나라 부인들의 이름이나 자호가 본국에서도 드러난 일이 없는 것을 생각하면, 난설헌의 호는 그 한 번으로도 이미 과한 것이다. 거기에 경번이라는 잘못된 이름으로 도처에 기록되기까지 한다면 천년이 지나도 씻을 수 없을 터이니, 재사가 있는 규방 여성의 밝은 교훈으로 삼아야 마땅하지 않겠는가?"

제5장 공론

훈신勳臣의 독자를 생각하지 않을 수 없어
특별히 그의 소청을 윤허하니, 뒤에 이 일로 판례를 삼지 말라.
                          - 인조 18년(1640) 9월 22일

신풍新豊 부원군 府院君 장유張維가 예조에 단자를 올렸다.

"제 외아들은 장선징張善澄이라 합니다. 강도江都의 변을 당해 그의 처가 잡혀 갔다가 속환贖還되어 와 지금은 친정에 가 있습니다. 그대로 배필로 삼아 함께 선조의 제사를 받들 수 없으니, 우리 아들이 이혼하고 새로 장가들도록 허락 해주십시오."

전 승지 한이겸韓履謙은, 자기 딸이 사로잡혀 갔다가 속환되었는데 사위가 다시 장가를 들려고 한다는 이유로 그의 노복으로 하여금 격쟁擊錚하게 해 원통 함을 호소했다. 형조에서는 예관에서 처치하도록 하는 것이 좋겠다고 임금에 게 청했다. 예조가 아뢰었다.

"사로잡혀 갔다가 돌아온 사족의 부녀자가 한둘이 아닙니다. 조정에서 반드시 십분 참작해 명백하게 결론을 내려주어야 피차 난처한 상황이 발생하지 않을 것입니다. 사람이 부부가 된다는 것은 보통 일이 아니니, 부디 대신들과 상의하 소서."

1

이쯤 해서 태양을 향해 두 손 깍지 끼고 기지개를 켜거나 팔다리를 쫙쫙 펴는 스트레칭으로 몸을 이완하는 것이 좋겠어요. 지금까지 와는 좀 다른 종류의 이야기(어쩌면 당신은 같은 종류로 느낄 수도 있을 것 같아요)를 해보려는 참이니까요.

한참 몰입해서 잘 듣고 있는데 갑자기 왜 그러느냐고요? 당신도 참. 당신의 몰입도가 모든 강사들이 바라는 최상급 수강생 수준이 라는 것은 인정하겠어요. 그러나 생각을 해보세요. 의순공주의 자 색 논란으로 꽤 시끄럽기는 했지만 어찌 되었건 도르곤과 의순공 주는 혼례를 치르고 한 몸이 되었어요. 예조에서 콕 집어 말했듯 **사람이 부부가 된다는 것은 보통 일이 아닙니다.** 이 보통이 아닌 일의 첫 단추가 바로 허니문이지요. 적당한 허니문 기간의 보장이야 말로 부부 생활을 오래 유지하는 지름길인 것이지요.

그렇기는 해도 그 뒤의 일이 몹시 궁금하다고요? 아, 아직도 내 말을 이해하지 못했군요. 자, 정신 차리고 다시 들어보세요. 혼례 첫날 밤 신방을 엿보는 거야 예부터 내려온 오래된 관습이기도 하니 주위 사람들로부터 별다른 제재를 당하지 않고 넘어갈 수 있지만 다음 날, 그다음 날도 계속 그렇게 하다가는 관음증 환자로 몰릴 위험이 있어요. 게다가 동서고금을 막론하고 주변의 지나친 관심은 그전까지 생판 남이었던 신혼부부가 서로를 알아가는 데에도 전혀 도움이 되지 않지요. 의순공주와 도르곤 같은, 흔치 않은 사연을 지닌 이들에게는 더더욱 그렇지요. 그러니 의순공주에 대한 관심을 잠깐은 접어두자고 말하는 거예요.

아, 걱정은 하지 마세요. 그렇다고 갑자기 지루한 설교 모드로 돌아서겠다는 것은 아니에요. 한국사는 워낙 파란만장해서 의순 공주가 아니더라도 당신에게 들려줄 재미난 이야기는 많고도 많으니까요. 그 많고 많은 이야기 가운데 고른 것은 장유라는 인간의 사연입니다.

2

왜 하필 이름도 낯선 장유냐고요? 여러 이유가 있지만 두 가지만
손꼽을게요.

잔설이 아직 희끗하다.

얼어붙은 얕은 땅속에 너의 몸은 잘 있느냐?

지난해 오늘 나는 눈물을 쏟았다.

그 눈물 이제 다 말라 흐르지도 않는다.

장유가 일찍 죽은 딸의 무덤 앞에서 눈물을 흘리며 쓴 시예요.[1]
절절하지요? 딸을 잃은 아버지의 슬픔이 손에 잡힐 듯이 생생하지

요? 장유는 단언컨대 조선에서 손꼽을 만한 뛰어난 글쟁이예요(조선 중기 4대 글쟁이[2]를 꼽을 때 반드시 들어가는 사람이랍니다). 성품도 온화하고 합리적이라 인조반정에 적극 참여한 사람치고는 꽤 많은 이들의 존경을 받았지요.[3] 인조가 봉림대군의 마누라로 장유의 딸을

1　장유의 시와 글을 모은 《개구리 울음소리蛙鳴賦》에는 '아이들의 죽음'에 관한 또 다른 시가 나와 있다.
"서른이 못 되어서 인생의 슬픔에 익숙해졌다. 그런데 세상에 어찌 이런 일이 있나? 스무 날 만에 네 아이를 잃었구나."
그러니까 장유는 딸만 잃은 것이 아니었다. 그럼에도 장유는 마음을 다잡으려 애쓴다.
"자식의 죽음을 슬퍼하지 않았던 동문오東門吳란 이를 생각하니, 정에 매인 마음이 도리어 부끄러워진다."
죽음 앞에서 이런 다짐을 하는 장유의 모습이 원저자가 소개하는 일화에서 보이는 장유의 처신과 모종의 관계가 있지 않을까 생각해본다.

2　이른바 월상계택月象谿澤이다. 월사月沙 이정구李廷龜, 상촌象村 신흠申欽, 계곡谿谷 장유, 택당澤堂 이식李植을 말한다.

3　그를 존경한 대표적인 인물로 김만중을 들 수 있다. 김만중은 《서포만필》에 장유를 변호하고 칭송하는 글을 여러 편 남겼다. 사람들은 장유가 '삼전도 비문'을 썼다는 사실(실제로 채택된 것은 이경석의 글이다. 인조 16년(1638) 2월 8일 기록이다. "장유와 이경석이 지은 삼전도 비문을 청나라에 들여보내 그들이 스스로 택하게 했다. ……장유가 지은 것은 인용한 것이 온당함을 잃었고 경석이 지은 글은 쓸 만하나 다만 중간에 첨가할 말이 있으니 조선에서 고쳐 지어 쓰라고 했다")을 못마땅하게 여겼지만 김만중의 생각은 좀 달랐다.
"장유의 입장에서는 임금이 욕을 당하는데 의리상 홀로 깨끗할 수는 없었으므로…… 달가운 마음으로 행한 것이다. 그 지극한 정성과 깊은 괴로움은 비록 세대를 뛰어넘더라도 알 만하다."
김만중은 장유와 서경덕徐敬德 오직 두 사람만이 눈에 보이는 것이 아닌 참 진리를 깨달았다고 말함으로써 장유에 대한 존경을 드러내기도 했다. 조선 최고의 스탠딩 코미디언인 오성 이항복은 장유의 문장과 덕행이 공자의 수제자인 안연顔淵과 비교할 만하

낙점한 것은 믿을 수 있는 공신이란 측면이 컸겠지만 장유의 뛰어난 문장과 온화한 성품 또한 분명 단단히 한몫했을 거예요.

그래요, 머뭇거리며 말하지 않아도 돼요. 당신 말대로 봉림대군은 바로 효종이에요. 장유의 딸은 봉림대군이 효종이 되자 대군의 마누라에서 국모(인선왕후仁宣王后라는 멋진 이름을 얻었지요)가 되었지요. 자, 이 정도 설명을 들었으면 내가 왜 하고많은 사람들 가운데 장유를 골랐는지 그 이유를 충분히 짐작하고도 남겠지요? 아, 혹시 헷갈릴까 싶어 하는 말인데 약간의 타임 워프는 필요해요. 앞서 의순공주의 이야기는 효종 때고, 지금 말하는 것은 인조 때 이야기니까요.

잡설은 그만 풀고 다시 이야기로 돌아갈게요. 어느 날 장유가 인조에게 읍소를 했어요.

외아들 장선징의 처가 강화도에 변란이 일어났을 때 붙잡혀 청나라로 끌려갔습니다. 불행 중에 다행으로 지금은 속환되어 친정 부모 집에 가 있습니다. 불행 중에 다행을 어떤 이들은 진짜 다행으로 여

다는 말을 남겼고, 반골 시인 권필權韠은 장유의 인품이 너무나 뛰어나 문장이 초라해 보인다고까지 말했다. 장유의 인품이 어느 정도였는지 유추해볼 수 있는 대목이다.

기기도 하나 제 입장에서는 명백히 존재했던 불행을 없던 것으로 치부하고 남은 다행만 보며 마냥 기뻐할 수는 없습니다. 선조의 제사를 받들어야 하는데 과연 저의 선조들이 흠결 있는 며느리가 올린 제사 음식을 흠향하실까요? 선조들의 고매하신 인품을 미루어 짐작해볼 때 그러지 않으시리라 조심스럽게 생각해봅니다. 제사 음식을 드시러 오셨다가 정결하지 못한 냄새만 잔뜩 드신 후 얼굴을 찌푸리고 돌아가시는 그 모습을 생각하는 것만으로도 눈물이 쏟아집니다. 그래서 저 장유는 청합니다. 다행은 다행이고 불행은 불행입니다. 아니, 이 경우에는 불행이 다행이고 다행이 불행일 수도 있습니다. 불행 중에 다행이니 다행 중에 불행이니 하는 것들은 다 말장난입니다. 무슨 말이냐고요? 제가 원하는 것은 단순합니다. 부디 외아들 장선징의 이혼을 허락해주소서. 제 선조들을 생각해서라도 외아들 장선징은 새로 장가들도록 허락해주시고 며느리는 자기 집에서 영원히 머무르도록 해주소서. 불행은 불행으로, 다행은 다행으로 귀결되게 해주소서.

짠하지요? 당신이 괜한 오해를 할까 싶어 노파심에 다시 말하자면 장유가 이런 상소를 올린 이유는 당대의 명사로 소문난 자신의 이름값을 보존하기 위해서가 아니라 죽은 조상님 때문이에요. 실절한 주제에 죽지 않고 살아 돌아온 불행 중에 다행, 혹은 다행 중에 불행인 며느리가 미워서가 아니라 오직 조상님들이 제사 음식을 먹으러 왔다가 더러운 냄새만 꽉꽉 맡고 기분이 제대로 상해 삐쳐 돌아갈 것이 염려되었기 때문이라고요! 자기 딸에 대한 절절한 슬픔을 드러냈던 장유가 설마 가족의 일원인 며느리를 미워했겠어요? 그 고생을 하고 돌아왔는데 두툼한 고기 한 점이라도 더 먹이려 애를 썼겠지 나 몰라라 밖으로 내치려 했겠어요? 이 점, 절대로 오해하지는 말기를.

그런데 일이 좀 꼬이려고 했는지 그즈음에 장유 말고도 자식의 이혼 건을 들고 와 임금에게 눈물로 호소한 이가 또 있었어요. 그 사람이 바로 전 승지 한이겸이에요. 흥미로운 것은 한이겸은 장유와 정반대 처지였다는 사실이에요. 무슨 이야기냐 하면 한이겸이 어렵게 속환해온 딸을 사위가 헌신짝 버리듯 내팽개치려 했거든요. 한이겸의 호소를 들으니 이번에는 한이겸의 편을 들고 싶어집니다. 여자가 신발도 아닌데 흠이 좀 있다고 길바닥에 내팽개치는 것은 좀 그렇지 않나요(신발에게도 그건 꽤 미안한 짓일 거예요)?

미안해요. 내가 좀 왔다 갔다 하지요? 우왕좌왕, 갈피를 못 잡는 모습을 보고 있는 것이 심히 불편하지요? 내 입장을 좀 이해해주세요. 장유 말을 들으면 장유 말이 옳은 것 같고, 한이겸 말을 들으면 한이겸 말이 또 옳은 것 같으니 어쩌겠어요? 그래도 여자의 입장에서 볼 때 한이겸의 말에 더 끌리는 것은 아니냐고요? 흠, 나는 무조건 여자 편을 드는 속 좁은 여자는 아니라고요. 중요한 것은 논리지 성별이 아니에요.

그런데 장유와 한이겸 사이에서 갈팡질팡한 것이 나만은 아니었어요. 그 당시 논의에 참여했던 대신들 또한 마찬가지였지요. 그 기나길었을 논의를 상세히 소개하는 것은 꽤 흥미로운 일이겠지만 역사에 대한 당신의 흥미와 이 이야기가 아무리 '꿀잼'이어도 결국에는 곁가지라는 사실을 고려해 그 기나길었을 논의를 단번에 끝내버린 최명길崔鳴吉의 카운터펀치 한 방만 소개하도록 할게요.

신이 전에 심양에 갔을 때의 일입니다. 속환을 위해 따라간 지체 높은 양반들이 꽤 많았는데, 남편과 아내가 서로 만나자 부둥켜안고 통곡하는 것이 꼭 저승에 있던 사람을 만난 듯했습니다. 그 장면을 보고 누구 하나 눈물을 흘리지 않는 사람이 없었습니다. 사람의 정이란 것이 그렇습니다. 부모나 남편이 되어 돈이 부족해 속환하지 못하는 사람들이 있기는 하지만 결국은 무슨 수를 써서라도 속환하려 할 것입니다. 그것이 바로 인지상정이지요. 그런데 이혼해도 된다는 명이 떨어지면 대체 어떤 일이 벌어지겠습니까? 속환을 원하는 사람이 없게 되는 것은 불문가지 아니겠습니까? 이것은 허다한 부녀자들을 영원히 이역의 귀신으로 남게 하는 것입니다.[4] 한 사람은 소원을 이루지만 다른 백 집에서 원망을 품는다면 어찌 화기를 상하게 하기에 충분치 않겠습니까? 신이 반복해서 생각해보고 물정으로 참작해보아도 이혼하는 것이 옳은 줄을, 결코 모르겠습니다.

이역의 귀신이 된다. 와! 장유의 읍소보다 훨씬 더 짠하지요? 진심으로 여자의 마음을 헤아릴 줄 아는 최명길의 핵폭탄급 발언을 읽으니(여태껏 최명길을 나약한 주화론자로만 평가했던 것에 대해 사과합니다! 이래서 역사공부는 하면 할수록 더 어렵다니까요) 장유의 속 좁은 읍소에 짠해진 것이 조금은 머쓱하게 느껴지네요. 그날의 논의가 이 한 방으로 끝나버린 것도 아마도 그래서였을 거예요. 모두들 나처

---

4   《기문총화》에 수록된 '아내를 배반한 남편' 이야기가 그 좋은 예다.
"어느 부부가 병자호란 때 잡혀 포로가 되었다. 주인은 아내에게 호감을 보이고 잘해주었다. 아내는 날마다 은 한 전석을 훔쳐 남편에게 주며 이렇게 말했다.
'이 은전을 모아 몸값을 치르세요. 그런 뒤 저를 풀려나도록 주선해주세요. 저는 압록강을 건넌 후 자결할 거예요.'
아내에게 받은 은전이 어느 정도 모이자 남편은 자신의 몸값을 치르고 조선으로 돌아갔다."
남자들을 욕할 필요는 없다. 이래서 때로는 제도가 필요하다. 그나저나 이 이야기의 결론은 다음과 같다.
"남편은 새 아내를 얻고 행복하게 잘 살았다. 아내의 몸값은 치러주지 않았다."

럼 머쓱했던 것이지요. 가슴이 뜨끔했던 것이지요.

하지만 조선이 어떤 나라예요? 성리학의 가치를 지키기 위해 수백 년 동안 피 튀기는 싸움을 벌였던, 소크라테스와 플라톤과 아리스토텔레스를 배출한 그리스도 부러워할 만큼의 철인哲人들을 다수 보유하고 있던 이념국가가 아니겠어요? 어떤 책을 보니 네덜란드에서는 철학자가 상당한 지분을 누리고 있는 중국과 조선을 지구촌 최고의 이상국가(異常國家가 아니라 理想國家랍니다. 그러니 기왕 과거로 회귀할 바에는 개발 독재 시대가 아니라 조선 시대로 가는 것이 국가 평판을 위해서라도 바람직하겠어요)로 여기기도 했다더군요.[5] 아무튼 실록을 편찬하는 사관은 모두의 입을 다물게 만들었던 최명길의 카운터펀치 한 방이 자신이 믿는 철학적 원칙에 어긋난 반칙이었다고 생각한 것이 분명합니다. 그래서 본 경기가 끝난 후의 사감을 듬뿍 담은 감상평을 아주 진하게 남겨놓지요.

---

5   김상준의 《유교의 정치적 무의식》에 이와 관련 있는 대목이 나온다.
"이 당시 스피노자 그룹은 매우 억압적이었던 유럽의 귀족, 교권 체제를 혁파하려고 했다. 그들의 눈에 중국과 조선의 정치 체제는 플라톤적 공화국에 가까운 것이었다. ……이들 나라에서는 철학자들이 나라를 다스리고, 왕이 잘못을 하면 철학자들이 준열하게 왕을 비판하기 때문이다."
스피노자와 유교가 연결되는 희귀한 장면이다.

사신은 논한다. 충신은 두 임금을 섬기지 않고 열녀는 두 남편을 섬기지 않으니, **이는 절의가 국가에 관계되고 우주의 동량棟樑이 되기 때문이다.** 사로잡혀 갔던 부녀들은, 비록 그녀들의 본심은 아니었다고 하더라도 변을 만나 죽지 않았으니, 절의를 잃지 않았다고 할 수 있겠는가. 이미 절개를 잃었으면 남편의 집과는 의리가 끊어진 것이니, 억지로 다시 합하게 해서 사대부의 가풍을 더럽힐 수는 절대로 없는 것이다. 최명길은 비뚤어진 견해를 가지고 망령되게 선조先朝 때의 일을 인용해 헌의하는 말에 끊어버리기 어렵다는 의견을 갖추어 진달했으니, 잘못됨이 심하다.

비록 뒷북이기는 하나 할 말은 하고 보는 사신의 기개가 참으로 대단하지 않습니까? 여자의 절의(충신의 절의는 왜 포함하지 않느냐고요? 정말 그렇게 생각한다면 다시 한 번 잘 읽어보세요. 이어지는 의리·절개 운운하는 글을 보면 충신은 그저 크리스마스 장식물로 가져온 것에 지나지 않는다는 것을 당신 정도의 지능이라면 충분히 감지할 수 있을 거예요)를 말하면서 '우주의 동량'까지 들먹이니 참으로 대단하지 않나요? 그런데 나는 이 기개와 웅대한 스케일로 가득한 대하소설급 문장을 보며 느닷없이 사신의 호구조사가 하고 싶어 못 견디겠어요. 사신에게는 아마도 딸은 없고, 아들만 서넛쯤 있었던 모양이에요. 마누라와의 사이도 그다지 좋았을 것 같지는 않고요. 어쩌면 애만 낳고 는 곧바로 각방 살림에 돌입했는지도 모릅니다.

증거가 없지 않느냐고요? 중상모략은 아니냐고요? 감정적인 대응이 아니냐고요? 물론 증거는 없지요. 중상모략일 수도 있지요. 감정적인 대응이기도 하고요. 그런 식으로 집요하게 추궁할 작정이라면, 그래요, 방금 내가 한 말들은 취소할게요. 곁가지에 지나지 않는 문제를 복잡하게 만들고 싶은 마음은 추호도 없으니까요. 그러긴 해도, 평범한 남자인 당신이 보기에도 사신의 의견은 좀 이상하지 않나요? 여자의 절의와 우주의 동량을 같은 위치에 놓다니, 아무리 '제1대 헬조선' 시대라도 그렇지 이쯤 되면 아예 과대망상증 환자 아니에요?

내가 이야기를 꺼낼 때부터 짐작했겠지만 '우주의 동량'과 관련된 장유 며느리의 이혼 건은 최 타이슨 최명길의 강력한 카운터펀치 한 방으로 완벽하게 마무리된 것이 아니었어요. 그 뒤에 이어진 사신의 치졸하면서도 병적으로 당당한 문장은 최명길의 의견에 반대하는 세력이 적지 않았음을 우리에게 잘 보여주고 있지요. 이것은 무슨 뜻일까요? 그래요, 최명길의 기세에 눌려 그 앞에서는 한 마디도 못하던 반대 세력들이 실은 그리 만만한 인간들이 아니라는 거예요. 당장은 수세에 몰려 가드를 바짝 올리고 있지만 상대가 빈 틈만 보이면 자신들도 카운터펀치를 뻗어 경기를 일거에 역전시킬 힘을 지닌 헤비급 1, 2위를 다투는 랭커들(물론 3, 4, 5, 6, 7, 8, 9, 10위도 다 이 그룹 소속이지요)이 바로 그 인간들이라는 거예요.

앞서 언급했던 장유의 읍소는 인조 16년 3월 11일 실록 기사에 실려 있어요. 그로부터 두 달도 지나지 않은 5월 1일 기사에는 대신 회의 생중계가 실려 있어요. 대신들은 그 자리에서 임금에게 이렇게 말하지요.

"포로로 잡혀갔던 여자들은 본심이 아니었으니, 그들에게 자기 스스로 목숨을 끊고 죽지 않은 것을 책할 수는 없겠지요. 하지만, 하지만, 하지만 말입니다. 남편의 집안에서 볼 때는 이미 대의大義가 끊어진 것이니, 어찌 강제로 다시 결합하게 해 고결한 사대부의 가풍을 더럽힐 수 있겠습니까?"[6]

설명하지 않아도 무슨 뜻인 줄은 알겠지요? 여자들이 끌려가고

---

6   이 말을 하기 전에 대신들은 교묘하게 밑밥을 깐다.
"신들이 가까이 모신 것이 어제오늘의 일이 아닌데, 전하께서 술을 즐기거나 여색에 빠지는 과실이 있다는 것은 듣지 못했습니다. 그런데 요즈음 그러한 이야기가 항간에 떠돌기 시작했습니다. 궁중의 일은 비밀스러운 것이라 신들은 그 말이 사실인지 아닌지는 알 수 없으나, 만약 허위가 아니라면 반드시 곡절이 있을 것입니다. 신들은 이에 목이 메어 차마 말을 하지 못하겠습니다. 전하의 한 몸은 종사와 신민이 믿고 우러르는 바입니다. 큰 혼란이 진정되지 않았고 막중한 책임이 앞에 있는데 어찌 차마 경거망동을 하시어 열성列聖들에게 슬픔을 끼치시고 백성들에게 근심을 던져주십니까. 통렬히 반성하시어 결단코 멀리 끊어버리십시오."
이른바 성동격서 전략이라 하겠다. 훗날 효종이 대신들 앞에서 자신의 금주 계획을 공식적으로 밝힌 이유를 이 건과도 연관해 생각해볼 수가 있다.

싶어 끌려간 것이 아님은 알겠으나 그래도 끌려갔다 죽지 않고 다시 돌아온 것은 변함없는 사실이라, 끌려가지 않은 것 하고는 글자 수부터 심하게 다르니 결국은 이혼이 옳지 않겠습니까, 하고 넌지시, 아니 실은 노골적으로 장유 편을 드는 것이지요.

참, 한 가지 알아두어야 할 것이 있는데 정작 논의의 불씨를 일으킨 장유는 그사이에 세상을 떠났답니다. 그래요, 편히 죽지는 못했겠지요. 끝내 아들이 이혼하는 것을 보지 못하고 죽었으니 그 심정이 어떠했겠어요? 게다가 죽은 뒤에도 편치 않았을 거예요. 저세상의 터줏대감인 조상들을 어떻게 고개를 들고 대면할 수 있었겠어요? 대신들이 임금 앞에서 죽은 장유를 향한 충정의 마음을 유독 강하게 드러낸 것은 장유가 죽기 얼마 전에 단체 문병을 다녀왔기 때문인지도 몰라요. 원하는 것을 못 이루고(무슨 그리 어려운 것을 요구한 것도 아닌데) 자리에 누운 장유의 비참함, 정신이 혼미한 와중에도 조상님, 조상님을 목메어 부르던 그 안타까운 심정(오호 애재라! 남 일 같지 않아)이 가슴에 사무쳤기 때문인지도 몰라요.

이런 심리적인 정황을 볼 때 웬만한 임금 같으면 대신들의 말에 홀랑 넘어갔을 거예요. 그렇지만 우리 인조는 지조가 있는 사람입니다. 자신이 존경하던 장유가 죽었다고 당장 생각을 바꾸는 갈대 같은 인간이 아닙니다. 그래서 입술 한 번 단단히 깨물고는, 하도 세게 깨문 바람에 피 맛도 살짝 보고는 '불가' 한마디를 외쳤지요.

잔뜩 기대했는데 이것으로 끝이냐고요? 그럴 리가요. 장유의 이야기에는 야구장 구석에 생뚱맞게 불쑥 서 있는 폴대보다도 더 길고 긴 후일담이 딸려 있지요. 이야기는 이제 시작일 뿐이에요.

4

시간이 조금 흘러 이번에는 5월 21일, 임금에게 아침 강의를 하던 강사가 갑자기 우국지사 포즈를 취하며 강의 내용과는 별 관계도 없는 말을 꺼냅니다.

"부부는 인간의 대륜입니다. 포로로 잡혀갔던 여자들은 남편의 집안과 대의가 이미 끊긴 것이니, 어찌 억지로 다시 합하게 해 사대부의 가풍을 더럽힐 수 있겠습니까?"

앞서와 거의 비슷한 문장이지요? 이 인간들은 창의력 쪽에는 별반 재주가 없어요. 그렇다고 흥보아서는 안 된답니다. 대신에 끈기하나는 끝내주거든요. 치고 빠지는 타이밍 또한 끝내주거든요. 자, 한 달도 안 된 사이에 인조는 똑같은 말을 두 번이나 들었어요. 두 번, 말한 사람은 다른데 내용은 똑같은 말을 두 번. 두 번이란 참 묘하지요? 한 번은 괜찮았는데 두 번 계속되니 인조의 마음이 살짝 약해집니다. 특별히 귀가 얇은 것도 아닌데 말이에요. 그래도 우리의 지조 있는 인조는 "두 번이면 족하다"는 《논어》의 말씀을 생각하며[7] 또다시 '불가'를 외칩니다.

이번에는 9월 22일, 대신들은 상소문 하나를 무기 삼아 들고 와 인조와 한판 승부를 벌입니다. 그깟 상소문, 하고 생각할지 모르겠어요. 예, 대부분의 상소문은 '그깟'이에요. 이 경우는 좀 달라요. 상소문을 올린 이가 바로 장유의 부인이거든요. 생물학적으로 며느리와 성별이 같은 장유의 부인은 조선으로 돌아오자마자 가시방석에 올라앉은 탓에 단 하루도 엉덩이가 편한 날을 보내지 못한 불쌍한 며느리에 대해 무슨 상소를 올렸을까요?

타고난 성질이 못되어 시부모에게 순종하지 않고, 또 편치 않은 사정이 있으니, 이혼시켜주기를 청합니다.

7　《논어》〈공야장公冶長〉에 다음과 같은 내용이 나온다.
"계문자는 세 번 생각한 다음 행동했다. 공자가 이를 듣고는 '두 번이면 족하다'고 말했다."
원문은 세 번은 지나치니 두 번이면 된다는 뜻이므로 원저자는 사실 《논어》의 이 구절을 잘못 이해하고 쓴 것이다. 아니면 이 또한 일종의 농담이겠고.

생물학적으로 같은 종인 여자의 말이 남자들 말보다 몇 배는 더 앙칼지지요? 하긴 시어머니는 시어머니과에 속하지 여자에 속하지는 않지요. 그나저나 방법이 참 교묘하지요? 속환한 것을 이혼 사유로 들었다 먹히지 않으니 이번에는 그 유명한 '칠거지악'을 들고 나온 거예요. 지금으로 치면 국가보안법 내지 종북, 좌파(고전틱한 색채 용어로는 빨갱이)를 들고 나온 것이나 마찬가지라고요! 예, 종북, 좌파가 만병통치약이듯(이러다간 암도 고치겠어요!) 시어머니의 전략 또한 보기 좋게 성공했어요. 자신의 최대 약점인 윤리(아무리 좋은 말을 가져다 붙여도 임금을 바꾼 것은 바로 자신이라는 사실만큼은 도무지 바뀌지를 않으니)를 들먹이니 우리의 지조남 인조로서도 어쩔 수가 없었지요. 지조 지키다가 괜히 긁어 부스럼만 만들게 생겼어요. 결국 스타일을 무엇보다도 중시하는 우리의 스타일리스트 인조는 그 와중에도 잔뜩 멋을 부린 말을 한마디 토해내며 부분적인 후퇴를 선언합니다.

"훈신의 독자를 생각하지 않을 수 없어 특별히 그의 소청을 윤허하니, 뒤에 이 일을 관례로 삼지 말라."

왜 부분적인 후퇴라고 했는지 알겠지요? 그러니까 장유 아들 장선징의 이혼은 칠거지악에 따른 '특별 케이스'라는 거예요. 칠거지악에 해당되지 않는 다른 집안의 속환 관련 이혼은 여전히 안 된다는 뜻이에요. 당신이 보기에도 뭔가 좀 어설픈 땜빵처럼 보이지요? 일이 이대로 끝나지는 않은 거라는, 그러니까 올림픽대로를 달리다가 타이어가 그 어떤 예고도 없이 갑자기 불꽃처럼 빵, 빵, 빵 요란하게 터지리라는 불길한 예감이 무지무지하게 강하게 들지요?

5

1649년, 그러니까 효종 즉위년, 미리 초시계를 준비해놓고 타이밍을 재왔던 사헌부에서는 마치 인조가 죽기만을 기다렸다는 듯(예의 바르기도 해라!) 이 문제를 다시 꺼내 듭니다.

"일이 풍교風教에 관계되니, 다시 데리고 살라는 법을 시행하지 마소서. 개취改娶하고자 하는 가장은 개취하기를 허락하소서."

당신이 좋아하는 《논어》에 그런 문장이 있다면서요?

"3년 동안 아버지의 도를 바꾸지 않으면 효라 할 수 있다."

'북벌'이란 단어(혹은 관념 혹은 정치적인 방패막)에 꽂힌 효종은 사실 병법서만 좋아했지 《논어》를 환장할 정도로 좋아하지는 않았나봐요. 사헌부가 올린 문서와 말은 이러저러한 미사여구를 내가 소개한 말 앞뒤에 잔뜩 붙여 뱀 꼬리처럼 길고도 긴데 효종의 대답은 새끼 도마뱀 꼬리보다도 간략하답니다.

임금이 따랐다.

이것으로 끝이냐고요? 그럴 리가요. 이 정도였다면 이신바에바가 들고 다니는 장대높이뛰기의 폴대를 말했지 그보다 몇 배는 긴 야구장 폴대까지 들먹였겠어요? 내가 그렇게 논리도 없이 아무 비유나 막 해대는 사람인 줄 아세요?

그래서 이번에는 효종의 아들 현종이 등장합니다. 현종 8년(1665) 7월 6일, 느긋하던 회의 도중에 강경 발언 하나가 송곳처럼 갑자기 툭 튀어나옵니다.

"장환張桓에게는 중한 허물이 있으니 관직을 박탈하소서. 장환에게 관직을 주는 데 관여한 이조 관원들을 다그쳐 진상을 파악하소서."

이건 또 무슨 소리냐고요? 장환이 누군지 알면 당신은 이게 무슨 귀신 씨나락 까먹는 소린지 곧바로 접수할 수 있을 거예요. 장환은 바로 장선징의 아들입니다. 하! 조선 양반들, 정말 집요하지요? 어떻게 해서라도 조상에게만큼은 제대로 된 음식을 대접하고픈 충정, 정말 대단하지요?

장환은 어머니가 쫓겨난 뒤 호적을 파내 계모의 아들이 되었습니다. 호적상으로는 완벽하게 신분 세탁이 된 것이지요. 그런데도 대신들은 여전히 장환을, 법률적으로 흠결 하나 없는 우리 순결한 장환을 계속 물고 늘어지는 거예요. 장환이 무슨 대단한 벼슬을 했냐 하면 그것도 아니에요. 종구품짜리 참봉직 하나를 받았을 뿐이에요. 양반 대접도 못 받는 미관말직을 얻었을 뿐이에요. 이 종구품짜리를 놓고 임금과 대신 사이에 일대 격론이 벌어집니다. 불라불라…… 어쩌고저쩌고……. 득점 없이 지루한 백패스만 오고 간 별 의미도 없는 경기를 생중계하는 데에도 지쳤으니 현종이 하품하면서 내린 무승부 나는 결론만 말할게요.

"청현직淸顯職은 몰라도 일반 관직은 괜찮다."

청현직은 사헌부·사간원 등 승진하기 위해서는 꼭 거쳐야만 하는 자리를 말해요. 그러니까 승진과 무관한 종구품의 관직 정도는 까짓것, 주어도 괜찮다, 뭐, 그런 뜻이지요.[8]

---

8   이 사건을 기록한 후 사관은 논평을 기록한다. 그런데 그 논평이 참 묘하다. "장환의 어미가 비록 청나라에 잡혀갔다고는 하지만 개가한 것과 비교하면 차이가 있으니. ……구품의 하급 관리인 장환을 논핵한 것은 참으로 지나치게 각박한 것이다. 그러나 김수흥金壽興이 말한 '장환은 계모의 자식이 된 것이며 계모의 아버지가 외할아버지가 되니 생모의 허물이 장환에게까지 미치는 것은 마땅치 않다'고 한 것은 몹시 윤

자, 이것이 장유가 시작한 읍소의 결말이에요. 장유가 읍소한 것은 1638년, 장횐에 관한 논의가 결론이 나는 것은 1665년. 그사이 임금은 인조에서 효종으로, 효종에서 현종으로 바뀌었고 일이 해결되는 데 걸린 시간은 무려 27년이에요. 이제 내가 왜 야구장 폴대를 들먹였는지 알겠지요? 야구에 대한 내 지식도 자랑할 겸해서 한마디 덧붙이면 부산 갈매기들의 서식지인 사직 야구장의 폴대는 바로 27미터랍니다!

아, 그래도 누군가 한 명쯤은 반기를 들지 않았느냐고요? 좋은 질문입니다. 박수 짝짝. 그래요, 있기는 있었어요. 현대 작가들 왕창 기죽이는 명문장으로 대신들의 야합에 가까운 결정을 비판한 이가 있기는 있었어요.

오랑캐에게 포로로 끌려갔던 부녀자들은(절개를 잃었으니 천시하는 것은 어쩔 수 없다 해도) 음란한 여자와는 사정이 다르다. 속환된 후에는 별도의 장소에 머무르게 해서 자식들에게는 어머니가 되게 하고, 죽으면 자식들에게 상복을 입혀 곡을 하게 하는 정도였다면 옛

리를 무너뜨리고 이치에 어긋나는 말이다."
화려한 말잔치가 따로 없다. 정치인들의 수사법은 예나 지금이나 한결같다. 요지를 모르겠다는 뜻이다. 도대체 이 사관이 진짜 하고 싶었던 말은 무엇일까?

법도에 거의 어긋나지 않았을 것이다. 난리를 당한 사대부들이 이런 의리는 생각하지 않고 자신의 입장에서만 계책을 세웠다.

누구냐고요? 《구운몽》을 쓴 김만중이에요. 당신은 역시 소문난 문장가는 무엇이 달라도 달라, 하고 고개를 끄덕이지만 나는 그렇게 생각하지 않아요(게다가 나는 《구운몽》도 좋아하지 않아요. 주제가 심오하니 어쩌고저쩌고 아무리 초콜릿에 꿀을 발라 설명해도 내가 보기에 《구운몽》은 재색 겸비한 여자를 여럿 거느리고 싶어 하는 조선 시대 남자들의 비현실적인 꿈을 철학 비스무리한 틀에 담아 교묘하게 실현시킨 소설이에요!). 무엇보다도 곧바로 이어지는 다음 문장을 보면 김만중의 생각이 어떤지 알 수 있거든요.

일부 사대부들의 사사로운 욕심이 지나쳤던 것이지 **결코 선비들의 공론은 아니었다.**[9]

---

9   이 견해에 대해서는 짚고 넘어갈 필요가 있다. 그런 의미에서 논란이 많은 자료 하나를 소개하고 싶다.
"오랑캐 추장이 우리 군사를 사장射場에 모아놓고 손바닥이 거칠고 고운 것으로 양반과 상인을 구별해 성 안팎에 나누어두었는데 오랑캐가 양반 중에 봇짐 속에서 감추어 두었던 목 자른 머리 세 개를 찾아내었고, 또 그 주인의 딸을 죽이고 도망간 자와 오랑캐 계집을 강간하다가 발견된 자도 있어 추장이 양반의 무리 400~500명을 모두 죽이

공론은 아닌데 다들 이혼은 했다? 그러면 도대체 무엇이 공론이 아니라는 것이지요? 이런 '개발싸개' 같은 문장을 써놓고도 김만중이 조선을 대표하는 문장가라고 주장하는 인간들은 도대체 뭐예요?[10]

게 하니, 귀영가貴盈哥가 매우 한탄하면서 당초에 군진에서 곧바로 내보내지 못한 것을 후회했다고 한다."

《책중일록柵中日錄》(《연려실기술》에서 재인용)에 나온 내용이다. 이 자료를 소개하는 이유는 조선 조정에서 이루어진 논의의 공허함을 드러내기 위함이다. 인과 의와 도리밖에 모르는 줄 알았던 양반들도 막상 전장에서의 행동은 그렇지 않았던 모양이다. 전쟁통이니 어쩔 수 없었을 것이라 편을 들 수도 있겠지만 그 어떤 이유로도 '강간'을 이해하기는 쉽지가 않다. 오랑캐 여자들이니 사람으로 보이지가 않았던 것일까? 자기에게는 한없이 너그럽고 타인에게는(특히 여자들에게는) 한없이 박한 인간들, 그것이 양반의 정의가 아닌가 싶다. 뒤에 등장하는 〈오랑캐의 사랑과 정절〉은 그런 면에서 절묘한 배치라 자화자찬하는 바다.

10 《구운몽》을 읽은 사람으로서, 해설서까지 독파한 사람으로서, 한마디 하고 싶은 충동을 강하게 느끼지만 나설 때는 아닌 것 같아 참기로 한다. 아무튼 나는 원저자와는 조금 견해가 다르다.

오랑캐의
사랑과 정절

오랑캐에게도 사랑과 정절이 있냐고? 질문의 의도를 파악하지 못해 고개를 갸웃하는 당신에게 건륭제乾隆帝와 향비香妃의 이야기를 들려주려 한다. 1759년 건륭제는 중국 역사상 최초로 신강 지역을 정복하고(현재의 중국 영토를 물려준 것은 한족이 아니라 만주족이다. 그러니 한족들이여, 소수민족 탄압은 제발 그만!) 인질로 자색이 있는 여성 한 명을 데려왔다. 여자에게서는 독특한 향기가 났기에 그 시대 작명법에 따라 자연스레 향비가 이름이 되었다.

건륭제는 향비에게 첫눈에 반했지만 향비는 그렇지 않았다. 가슴에 비수를 품고는 떠나온 고향만 그리워했다. 난처하고 민망한 상황이었지만 향비의 사랑을 얻기 위해 건륭제는 무력을 쓰지 않았다. 대신 갖은 애를 썼다. 자금성에 향비만을 위한 목욕탕도 설치해주었고, 언제든 원하는 시간에 부처님을 만날 수 있도록 절도 세워주었다. 신강에서 음식을 가져오기도 했고, 신강풍의 건물이 보이는 곳에 정자를 설치하기도 했다. 그럼에도 향비는 마음을 바꾸지 않았다. 건륭제의 사랑은 모후가 향비를 죽이는 비극적인 사건으로 막을 내렸다.

오랑캐의 정절을 묻는 당신에게 나는 요면要兔의 처 이야기를 들려주려 한다. 요면은 귀영개貴永介, 즉 홍타이지의 형인 다이샨代善의 아들이었다. 다이샨의 아들답게 목숨을 아끼지 않고 전장을 누비었다. 하늘이 다이샨에게 황제 자리를 허락하지 않았듯, 전쟁의 신 또한 요면에게 무사 귀환을 허락하지 않았다. 요면이 죽었다는 소식을 들은 처는 어떻게 했던가? 슬픔을 드러내기 위해 머리를 짧게 자르고 스스로 목숨을 끊었다. 엄연히 자식이 있었음에도 조금도 주저하지 않고 스스로 목숨을 끊었다.[11]

---

11   이규상李揆祥이 지은 〈여사행女史行〉이라는 시(《이조시대 서사시》에 수록되어 있는)에서 요면의 처 이야기를 처음 발견했음을 고백한다. 그런데 이 요면이라는 인물에 대해서는 더 살펴보아야 할 것들이 있다. 조금 복잡한 이야기일 수도 있으니 정신을 집중하면 좋겠다. 먼저 조경남趙慶男이 지은 《속잡록續雜錄》이라는 책을 보기로 한다.
"회은군懷恩君의 딸이 심양에 들어갔는데, 한汗이 후궁에 들이니, 마침내 사랑을 독차지하게 되었다. 앞서 요면이 한과 서로 의사가 맞지 않고 배반할 뜻이 있어서 일이 서로 어긋남이 많았는데, 그중에 피파각씨皮巴各氏라는 오랑캐가 요면의 뜻을 한에게 몰래 고하니, 한이 기뻐하며 즉시 회은군의 딸을 피파각씨에게 주었다. 오랑캐 풍속에 공이 많은 자에게는 상으로 그 처를 주는 풍습이 있다."
〈여사행〉의 기록과는 다르다. 〈여사행〉에서는 요면이 황제를 따라 전장에 나갔다가 전개·돼지만도 못한 오랑캐에게도 사랑이 있을까? 정절이 있을까?

그 오랑캐들이 인과 충과 서를 알까? 공자님 말씀을 알까? 나는 그

렇다고 말하련다. 건륭제와 요면의 처를 들어 그들에게도 사랑과

사했다고 되어 있는데 《속잡록》기사는 요면이 황제를 배신하려 했으며, 피파각씨라는

이가 그 사실을 밀고해 회은군의 딸을 얻었다고 되어 있다. 문제를 해결하기 위해 먼저

피파박시(다양한 표현으로 등장하나 피파박시로 통일해 부르기로 한다. 박시는 청나라의 관직명이

다)와 회은군 딸에 대해 살펴보자. 인조 17년(1639) 1월 30일자 실록 기사에 이와 관련

한 내용이 나온다.

"당초 회은군懷恩君 덕인德仁의 딸이 나이 겨우 열다섯에 강도江都에서 포로가 되었는데,

청나라 한汗이 시녀로 삼았습니다. 그 뒤에 피파박시가 전공이 가장 많았으므로 그녀

를 상으로 주었는데, 그녀는 스스로 국족國族이라 해 우리나라 일에 힘을 다하고 있습

니다."

피파박시와 회은군의 딸이 실제로 함께 살았음을 알 수 있다. 그러나 이 기록에서는 요

면의 배신과 관련된 설명은 찾아볼 수 없다. 《심양장계》인조 16년 12월 11일자에도

같은 사실이 적혀 있는데 이 기록에도 피파박시가 회은군의 딸을 얻은 까닭을 알 수

없다고 되어 있다.

그런데 최소자의 《명청 시대 중·한관계사 연구》라는 책에는 조경남이 설명한 요면과

비슷한 인물의 이야기가 등장한다.

"1632~35년 많은 전역을 세운 공로로 1636년 성친왕에 봉해졌으나 망고이태莽古爾泰

(누르하치의 다섯 번째 아들)의 반역사건에 관련이 있다는 혐의…… 대명 정벌 도중 장자

령墻子嶺에서 진망陣亡했다"는 구절이 나오는 바 이 구절의 주인공은 요면이 아니라 요

토岉土다. 최소자 선생은 요토를 귀영개의 장자라 적고 있다. 이제 《심양장계》를 다시

보자. 〈여사행〉과 유사한 내용이 나온다. 송산 전투에 나간 "요토와 그 아우 마저馬祖

등까지도 모두 죽었다고 합니다"라는 기록(인조 17년 4월 2일)이 바로 그것이다. 이어진

4월 20일 기록에는 "대왕 귀영개가 황제와 함께 돌아왔는데…… 그 아들 요토와 마저

등의 부음을 전해 듣고는 길에서 극히 애통해하다가"라고 되어 있다. 요약하자면 요토

가 바로 요면인 것이다. 그렇다면 요토의 아내는 어떻게 했을까?

"요토의 해골이 들어온 뒤 그 처도 목매어 죽어서 화장했습니다. 이것은 청나라의 풍속

이 숭상하는 바입니다."

정절이 있었다고 말하련다. 인과 충과 서를, 공자님 말씀의 의미를, 실은 오랑캐들이 중화제국보다(중화를 닮기 원했던, 아예 자식을 자처했던 소중화국보다) 더 잘 알고 있었다고 말하련다.[12]

요면과 요토에 대해 내가 파악한 것은 여기까지다. 무엇이 옳은지는 여러분 판단에 맡기겠다(단 요면이든 요토든 그 아내가 자결한 것이 '자의'인지 '타의'인지에는 의문의 여지가 있다).

12 옹정제를 예로 들고 싶다. 옹정제는 중국 역사상 전대미문의 일을 벌였다. 어쭙잖은 반청운동을 펼치다 잡혀온 증정曾靜이란 서생을 죽이는 대신 설득을 시도한 것이다. 왜 그렇게 했느냐고? 한족의 머리에 박혀 있는 화이사상을 개조하고 싶은 욕심을 드러낸 것이다. 이 특이한 일을 성공리에 마친 후 옹정제는 자신이 증정을 설득했던 논리를 바탕으로 《대의각미록大義覺迷錄》이라는 책을 쓴다. 그런데 옹정제의 핵심 논리는 《서경》에서 가져온 것이다. "하늘은 친함이 없이 오직 덕 있는 자를 도우신다皇天無親, 惟德是輔"가 바로 그것이다. 즉 선정의 핵심은 덕에 있지 화와 이의 구별에 있지 않다는 뜻이다. 시경의 핵심을 꿰뚫은 해석이라 할 수 있겠다. 증정은 옹정제의 논리에 감화되어 사죄문을 쓰고 풀려났다. 그러나 그것은 증정의 경우였을 뿐 오랑캐에 대한 한인들의 감정은 바뀌지 않았다. 논리보다는 감정이 먼저였던 것이다. 옹정제가 죽고 황제가 된 건륭제가 아버지의 뜻을 무시하고 증정을 다시 잡아다 죽인 이유다. 물론 《대의각미록》은 금서가 되었다. 한족에 대한 생각에 있어서 건륭제는 옹정제만큼 순진하지 않았다.

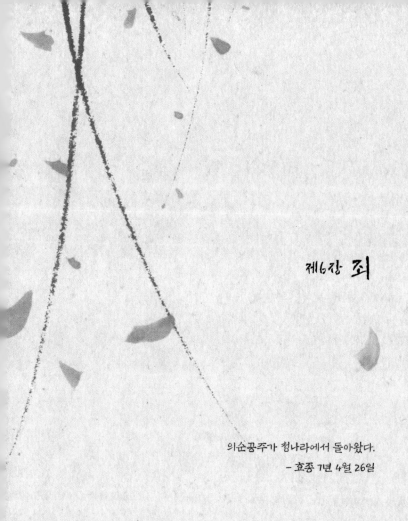

제6장 죄

의순공주가 청나라에서 돌아왔다.
- 효종 7년 4월 26일

사헌부가 아뢰었다.

"신하가 명령을 받들고 국경을 나갔을 경우, 진실로 나라에 이로운 일이 아니면 제 마음대로 하지 못하게 하는 것은 그 뜻이 어찌 범연한 것이었겠습니까? 지난번 사은사로 다녀온 금림군 이개윤은 조정에 아뢰지도 않고 멋대로 황제에게 글을 올려 그 딸을 돌려달라고 청했으며, 함께 갔던 부사 이하도 그 만행을 막지 못하고 따라서 찬성했습니다. 이런 일을 그대로 두면 뒷날의 폐단이 이루 말할 수 없을 것입니다. 금림군 이개윤을 잡아다 죄를 물으시고 부사 이행진李行進과 서장관 이지무李枝茂는 삭탈관작削奪官爵하소서."

"행복한 가정은 대개 비슷하지만, 불행한 가정은 제각각 다른 불행을 안고 있다."

당신, 혹시 이 문장을 읽어본 적이 있나요? 들어본 것은 99퍼센트 확실한데 읽었는지는 기억이 잘 안 난다고요? 아, 미안해할 필요는 없어요. 당신을 책잡으려고 물어본 것은 아니니까요.

난 사실 이 문장에 동의할 수 없어요. 《안나 카레니나》 같은 명작에 나오는 문장이라고 무조건 떠받들 필요는 없다는 뜻이에요. 내 생각에, 불행의 패턴이야말로 늘 똑같아요. 제각기 다르다는 것은 착각이에요. 패턴을 시작하는 키워드는 바로 '갑자기'예요, '갑자기'. 남들 보기에 행복하게 잘 살고 있는 것 같다가도 어느 날 갑자기 사소한 뭔가가 삐끗하면 (마치 나비 효과처럼) 그때부터는 운명이 아, 그렇지, 저쪽이 아니라 이쪽이었지, 하고 무릎을 한 번 친 뒤 방향을 틀어버려요. 그 뒤로는 일사천리, 폭주기관차처럼 파멸을 향해 무한 직진한답니다. 안나 카레니나부터도 그렇잖아요, 모두들 부러워하게 살다가 어느 날 '갑자기' 불륜에 빠지더니 '결국은' 기차 바퀴에 깔려 죽잖아요? 그러니까 내 말은 모든 불행은 '통속적'이라는 거예요. 서로 다른 것은 사소한 부분에 지나지 않고, 갑자기 불행의 길로 접어들기만 하면 결국 그 나머지는 판에 박은 듯 완전하게 통속적이에요.

그 점에 있어서는 우리 의순공주도 마찬가지랍니다. 의순공주가 행복하게 살았더라면 얼마나 좋았을까요? 비록 자색은 변했어도 황부 섭정왕 도르곤과 주변머리가 파김치가 되도록 백년해로를 누렸더라면 얼마나 좋았을까요? 하지만 그건 처음부터 난망한 바람이었겠지요. 안나 카레니나라는 이름을 들으며 해피엔딩을 기대할 수 없듯 의순공주라는 그 유순하고 평탄해 보이는 이름에 더러운 비극이 거미줄처럼 잔뜩 엉겨 붙어 있으리라는 것은 이 이야기에 조금이라도 관심을 지녔던 사람이라면(어쩌면 효종부터도 그 사실을 잘 알고 있었을지 몰라요. 그랬기에 '이번에는 제발' 하는 심정으로 튀지 않는 이름을 붙여주었는지도 모르겠어요) 누구나 예감할 수 있는 것이었으니까요.

의순공주의 사연은 안나 카레니나는 명함도 못 내밀 만큼 통속적이에요. '김가네 바람났네'니 '이가네 선녀 국밥집'이니 '내 딸 명왕성'이니 하는 주말 저녁 7시 50분에 안성맞춤인 드라마를 조금이라도 본 사람들이라면 아 또 그거, 하고 눈살을 찌푸릴 만큼 통속에 통속을 제곱하고 거기에 일부러 루트를 씌웠다가 금방 또 제곱한(그럴 바에 루트는 왜 씌웠답니까?) 억지 사연들이 떼로 몰려 있어요.

의순공주의 불행은 의순공주의 삶을 꼬이게 만든 장본인인 도르곤의 갑작스러운 비명횡사로부터 시작된답니다.[1] 얼마나 갑작스러웠느냐고요? 의순공주와 혼례를 치른 지 딱 7개월만이랍니다. 처음부터 너무 노골적으로 통속적이지요? 현대어로 번역해 해석하자면 빈털터리 아가씨(편의점 아르바이트생이거나 중소기업 인턴이거나 편모슬하거나 고아원 출신이거나 다 상관없으니 당신 마음 내키는 대로 고르세요!)가 자신에게 첫눈에 반한, 잘나간다는 재벌가의 실권자와 롤러코스터 같은 우여곡절 끝에 결혼했는데 그 실권자가 몇 달도 못 되어 꼴까닥 죽어버린 셈이니까요. 그것도 뒤끝 없이 완벽하

---

1   도르곤은 1650년 12월 8일 장성 밖으로 사냥을 나갔다가 부상을 당한 후 다시 회복하지 못하고 12월 31일 세상을 떠난다.

게 비명횡사하는 바람에 후계자도 제대로 정해놓지 못한 것은 물론 아가씨 몫으로 한 재산 챙겨놓는 기초적인 작업도 마치지 못했답니다! 돈과 권위로 감싼 실권자의 주먹이 무서워 그동안 공기통 없는 다이버처럼 물속에서 발을 동동거리며 간신히 숨만 쉬고 버티었던 영순위, 1순위, 2순위가 다 튀어나와 한바탕 진흙밭 싸움을 벌였으리라는 것은 통속도 너무 통속이라 내 입으로 말하기도 민망하네요. 아무튼 그 펄밭 싸움을 통해 새로운 실권자가 탄생을 했습니다.

저와 비슷한 놈들을 상대하느라 목을 다 버리고 악만 남았을 새 실권자가 가장 먼저 한 일이 무엇이겠어요? 그래요, 일단 깨끗이 목욕재계부터 하고는 다른 것은 다 접어놓고 목욕재계부터 택한 깔끔이답게 비명횡사한 인간의 주변을 깔끔하게 정리해주는 친절을 베푸는 것이지요. 비명횡사한 인간의 업적을 깡그리 지우고 그 인간에게 봉사했던 가신들도 비명횡사한 인간의 곁으로 보내 그리움을 나눌 시간을 주는 것이지요. 우리의 주인공 아가씨는 당연하게 땡전 한 푼도 못 챙기고 거리로 내쫓겼을 테고요.

도르곤이 죽은 후 벌어진 일이 딱 그러했어요. 그동안 숙부면서도 황부 노릇을 한 도르곤 때문에 황제면서도 황제 구실을 못 했던 순치제는 숙부이자 황부인 도르곤이 죽자 숨겨왔던 진짜 황제 본

능을 단번에 드러내었어요. 실록에는 청나라 제3대 황제의 그 무서운 본능이 단 한 문장으로(쿨한 단문을 선호하는 작가가 사관이었다면 대뜸 서너 개의 문장으로 나누었겠지만요!) 정리되어 있답니다.

섭정왕이 살았을 때 은밀히 황제의 자리를 찬탈할 뜻을 품고 황포黃袍를 미리 준비해 반역의 형상이 이미 드러난데다가 또 그 사실을 고한 자가 있어 청주가 크게 노해 존호를 박탈하고 태묘에서 축출했으며 그 가산을 관아에 적몰하고 그 여자들은 제왕諸王에게 나누어주었는데, 의순공주도 백양왕白陽王의 아들에게로 돌아갔다.[2]

---

2   효종 2년(1651) 2월 18일의 실록 기사에 나온다. 도르곤 사후 순치제가 취한 조치를 그의 어머니인 보르지기드씨에게서 찾는 시각도 살펴볼 만하다. 도르곤이 형인 홍타이지의 첩이었던 보르지기드씨를 아내로 맞았음은 앞에서 설명한 바 있다. 만주족 전통에서 볼 때는 하나 잘못된 것이 없는 행동이었다. 여자는 재산으로 간주되었으므로 죽은 형의 재산을 동생이 취하는 것이 관행이었다는 뜻이다. 그러나 순치제는 그렇게 생각하지 않았다. 순치제는 만주족의 '짐승' 같은 풍습을 버리고 중국인들이 숭상하는 '예'와 '의'에 따라 행동하는 것이 오랫동안 중원의 지배자로 머물 수 있는 길이라고 생각했다. 중화제국들이 그러했듯 황제 자신의 권력을 강화함으로써 실권자가 죽을 때마다 대혼란이 일어나는 것을 막아야겠다고 생각했던 것이다. 나중 이야기지만 순치제의 전략은 성공하지 못했다. 순치제는 죽기 직전에 일종의 반성문을 썼다(사실은 순치제가 죽은 후 다른 이가 썼을 것이다).《대청제국》에서 인용했다.
"한족의 풍습을 익힌 결과, 순박하고 소박했던 만주족의 전통제도가 이완되어 다시 고쳐야만 하는 상황에 이르렀다. ……이것인 짐이 지은 죄의 하나다."
이런 상황이라면 도르곤의 복권은 시간 문제였을 뿐이다. 결국 도르곤은 건륭제 때 복권되었다.

문장의 앞부분이야 음모 풍년인 세상을 사는 우리에게는 너무나 익숙한 통속, 통속이라 설명할 것이 없어요. 물론 우리의 관심을 끄는 것은 마지막 부분, 의순공주도 백양왕의 아들에게로 돌아갔다, 는 바로 그 부분이지요. 말 꼬랑지에 붙어 따라다니는 빈대처럼 왠지 앞부분의 거대한 스케일과는 격이 맞지 않는 느낌이 들어 좀 섭섭하지만 말이에요.

아, 백양왕의 아들이 누구를 말하는 건지에 대해서는 의견이 분분해요. 왕의 아들이다, 장군 가운데 한 명이다, 왕의 아들이건 장군의 한 명이건 간에 이름은 박락博洛이다 등등.[3] 당신이나 나나 역사학자는 아닌 만큼 우리는 그저 도르곤이 죽고 제대로 한몫 잡은 이들 가운데 한 명이라고 깔끔하게 정리해서 이해하기로 해요. 게다가 우리는 의순공주의 삶에 대해 알아보려는 것이지, 황부 섭정왕 사후 대청제국의 복잡한 세력 구도에 대해 머리 싸매고 연구하려는 것이 아니니까요. 그러니 여기서는 우리에게 필요한 사실, 의순공주는 백양왕의 아들에게 전리품처럼 분배되었다는 사실만

---

3   청나라 사료에 따르면 박락이 유력하다. 누르하치의 일곱 번째 아들인 아파태阿巴泰의 셋째 아들인 박락은 한때 도르곤의 수하에 있었으나 도르곤이 죽은 후에는 비난에 앞장선 바 있다. 1652년 4월에 사망했다는 점도 정황과 일치한다.

확인하고 넘어가기로 하지요.[4]

아, 이 진부한 통속 드라마에도 칭찬할 점이 한 가지 있기는 해요. 진부하긴 해도 뚝심은 있어요. 일관성 있게도 끝까지 통속성을 유지하거든요(이 분위기로 일로매진한다면 잘하면 컬트 드라마가 될 수도 있겠어요!). 의순공주가 분배된 지 1년 조금 지나 박락인지, 장군인지, 백양왕의 아들인지가 또다시 꼴까닥 소리가 요란하게 죽어버렸거든. 두 번 결혼했는데, 두 번 다 남편이 죽었어요! 의순공주의 삶, 참 통속적으로 기구하지요? 남자 잡아먹는 여자로 소문이 났을 테니 이국 자색녀라면 환장하는 만주족 사회에서도 더는 새 남자를 얻기가 불가능했어요. 모두가 원하던 조선 공주가(가짜건, 진짜건 간에) 세상 모든 남자들이 가장 피하고 싶어 하는 여자가 된 거예요. 아, 전락, 전락, 또 전락! 더는 떨어지고 싶어도 떨어질 곳이

---

4   남편이 죽었을 때 부인이 순사하는 것은 만주족의 풍습이었다. 앞서 요토의 처가 순사한 것이 좋은 예이며, 도르곤이 죽었을 때는 시녀인 오이고예吳爾庫覓가 순사하기도 했다. 거슬러 올라가면 도르곤의 어머니인 오랍나랍씨烏拉那拉氏도 누르하치가 죽자 순사를 했다(이에 대해서는 '강압'이라는 의견도 있다. 오랍나랍씨가 살아 있을 경우 도르곤의 권력이 강성해질 것을 두려워한 홍타이지가 나서서 오랍나랍씨에게 순사를 강요했다는 것이다). 굳이 순사 이야기를 꺼낸 이유가 있다. 의순공주는 살아서 돌아왔다는 이유로 화냥년 취급을 받았다. 그러니까 조선의 양반들은 의순공주가 이국에서 죽기를 더 바랐던 것이다. 물론 그렇게 했다고 그들이 의순공주의 정절을 높이 샀을 리는 없겠지만 말이다. 한마디로 그냥 죽지 왜 왔느냐는 것이다. 이에 대해서는 조금 뒤에 자세히 살펴보겠다.

없었지요? 드라마의 정석대로라면 시청률 상승을 위해서라도 모종의 반전이 필요한 시점이에요. 이 모든 기구한 운명을 떨치고 일어나, 순정녀에서 냉혹녀로 변신해 새 실권자를 물리치는 멋들어진 사건이 일어나야만 해요. 그런 후 자신을 내쫓았던 재벌가의 안방마님 자리를 차고앉아야 눈물, 콧물, 카타르시스 다 갖춘, 전후좌우 빈틈없고 하늘과 땅에도 부끄럽지 않은 통속 드라마가 비로소 완성되겠지요.

그런데 아쉽게도 '의순공주의 통속 드라마 따라 하기'는 여기까지랍니다. 싱겁게도 의순공주는 그냥 쭉 혼자 살았어요(자해도, 자살도, 신비로움을 극대화할 외계인도, 타임 워프도 없으니 이래서야 컬트 드라마로도 완전 꽝이네요!). 머나먼 이국에서 그 누구의 관심도 못 받고 영향력도 완전히 상실한 채(애초부터 있기나 했는지 모르겠어요) 그냥 쭉 혼자 살았어요.

예, 날 닦달해도 소용없어요. 정말로 이것이 다예요. 뭔가 있겠다 싶어 잔뜩 기대했는데 허무하지요? 쯧쯧, 안타깝게도 반전이 없어요. 보는 이들을 분노하게 만들었으면 다시 환호하게 만들어야 하는데 눈 크게 뜨고 들여다보아도 도무지 그럴 만한 건더기가 없어요. 실패한 드라마지요. 기획도, 각본도, 연기도 엉망인, 그래서 흥행도 엉망인 완벽한 졸작이지요.

아, 사람들의 삶이 실제로는 다 그렇지 않느냐고요? 멀리서 보면 길이 많은 것 같다가도 가까이 가보면 실은 오직 그 한 길이지 않느냐고요? 손을 쓰려야 쓸 수도 없는 것이 정상이라고요? 그러니까 그 점에 있어서는 굉장히 리얼하지 않느냐고요? 그렇지요. 당신 말이 맞아요. 로버트 프로스트 시에 나오는 두 갈래 길은 대부분의 인간들에게는 사치고 실은 나락으로 떨어지는 길 말고 다른 길은 없는 경우가 거의 대부분이지요. 하지만 그 뻔한 리얼 드라마를 무엇이 재미있다고 사람들이 지켜보겠어요? 드라마는 드라마지 인생이 아니에요!

2

그나마 이야기가 지리멸렬한 상태로 끝나지 않을 수 있는 것은 막
장 드라마급은 아니어도 약간의, 약간의 사소한 반전이 있기 때문
이에요. 무슨 뜻이냐 하면, 남자 잡아먹는 여자가 된 의순공주가
이국에서 외로운 넋으로 꼴까닥 생을 마감하지는 않았다는 말이
에요. 전적으로 의순공주의 아버지 덕이에요. 부정父情 넘치는 아버
지 이개윤의 덕이에요.

부정不正한 아버지에게 부정父情, 운운하기는 좀 그렇지 않느냐고
요? 딸을 보낸 것도(혹자는 팔았다고 말하고 어쩌면 그것이 더 사실에 가
까울지도 모르는) 이개윤인데 다시 데려온 것을 가지고 그것이 무슨
대단한 공로라도 되는 것처럼 '부정'이라는 표현까지 붙여서 말하니

까 좀 민망하게 들린다고요? 당신도 어떤 면에서는 꽤 매몰차네요. 이개윤을 칭찬하는 것은 아니지만 그렇다고 그렇게 모진 말을 퍼부을 필요까지는 없다고 생각해요. 이개윤을 욕하지 않는 내 논리는 단순해요. 낳을 줄만 알았지 키울 줄은 모르는 아버지가 세상에 얼마나 많은데요. 아무 데나 시집보내놓고는 나 몰라라 하는 아버지도 세상에 얼마나 많은데요. 심봉사처럼 아무것도 안 보인다는 핑계를 대고 뺑덕과 놀아나며 수수방관하는 아버지도 얼마나 많은데요. 그에 비하면 이개윤은 꽤 훌륭한 아버지가 아니겠어요?

효종 7년 4월 18일, 청나라에 갔던 동지사 이개윤이 돌아왔어요. 의순공주는 4월 26일 청나라 사신들을 따라 돌아왔고요. 의순공주가 조선을 떠난 것이 효종 원년 4월 22일이었으니 의순공주로서는 6년여 만의 귀국이었지요.[5] 의순공주의 심정이 어떠했는지에 대해서는 묻지 말아주세요. 실록이 아무리 상세하다고 해도 실록은 실록이지 '연예가 중계'가 아닌 터라 사관이 국경까지 찾아가서 일개 여인네가 귀국하는 모습을 실황 중계하는 뻘쭘한 짓은 결코 하지 않으니까요. 대신 실록은 화려하기만 하고 내용은 없는 경우가 태반이어서 도대체 무슨 소리야, 하는 짜증을 절로 불러일으키

---

5   정확히 말하면 7년에 더 가깝지만 원저자의 논지를 존중해 그대로 두기로 한다.

는 막장 생중계와는 조금은 결이 다른 중요한 문자 정보를 우리에게 제공해준답니다. 그것이 무엇이냐, 청나라 사신이 문서 하나를 들고 왔다는 사실을 귀퉁이에다 살짝 적어놓은 거예요. 이 문서, 아무것도 아닌 척 얌전을 빼고 있지만 실은 대단히 중요해요. 황제인 순치제가 의순공주의 귀국을 허락하는 문서니까요.

오호, 황제의 문서라! 나는 이 구절을 읽으며 이개윤을 다시 보게 되었답니다. 이개윤은 사람들에게는 별반 인정받지 못했어도 실은 꽤 담대하고 치밀한 사람이었던가봐요. 자신의 위대한 부정父情을 혹여 부정이 아닌 또 다른 부정不正이라 여기며 이해하지 못하는 이들이 있을까봐 황제에게 일의 자초지종을 기술한 확인 문서까지 받아내는 놀라운 결과를 만들어냈거든요. 황제의 문서, 말이 쉽지 일개 번국 공주의 아버지가 황제에게 문서를 받아내는 일이 실은 얼마나 어려웠겠어요? 그것을 우리의 이개윤이 해낸 거예요. 짝짝. 하계 올림픽 다이빙 종목에서 세 번 반 비틀어 다이빙하기 같은 고난도 기술을 구사해 메달을 딴 것도 아니니 이개윤 칭송은 이 정도로 접기로 하고, 여기서 잠깐 황제가 보낸 문서를 살펴보기로 해요. 순치제가 효종에게 보낸 문서는 오랑캐 잡놈 되놈의 솜씨 치고는 눈물 나게 감동적이에요.[6]

금림군 이개윤의 딸이 과부로 집에 살고 있으면서 부모 형제를 멀리 이별했으니, 내가 측은하게 여긴 지 오래되었다. 또한 이 여자는 왕에게 종친이 되고 또 어루만져 길렀으니, 왕이 늘 마음에 깊이 두었을 것이다. 지금 개윤이 공물을 바치느라 조정에 와서 그 딸을 보고자 주청하니, **전부터 가엾게 여긴 나의 뜻이 더욱 절실해졌다.** 이에 특별히 의정대신 합집둔칙을 보내 함께 귀국하게 하니 왕은 그리 알라.

순치제의 생각만큼 효종이 의순공주를 애지중지했던 것은 물론 아니지요. 그렇지만 이 정도야 수식어 치고는 꽤 아름다운 수식어 정도로 생각하고 그냥 넘어가기로 해요. 자, 순치제의 아름다운 배려로 의순공주가 합집둔칙哈什屯則의 호위를 받아가며 돌아온 이 사건에 대해 조선 대신들은 어떻게 반응했을까요? 왕에게 그리 알라, 했으니 대신도 그리 알아들었을까요? 오랑캐 황제 치고는 문장도 제법이고 뜻도 꽤 깊구나, 하고 고개를 끄덕거렸을까요? 5월 1일 실록 기사에서 이개윤의 사사로운 부정에 대응하는 그들의 공적인

---

6   농담 섞인 표현이겠지만 좀 거슬린다. 순치제가 '오랑캐 잡놈 되놈'에서 벗어나려는 의지로 일생을 살았음은 앞에서 밝힌 바 있다. 순치제는 나름대로 진지했다.

충정을 적나라하게 확인할 수 있어요.

신하가 명령을 받들고 국경을 나갔을 경우, 진실로 나라에 이로운 일이 아니면 제 마음대로 하지 못하게 하는 것은 그 뜻이 어찌 범연한 것이었겠습니까? 지난번 사은사로 다녀온 금림군 이개윤은 조정에 아뢰지도 않고 멋대로 황제에게 글을 올려 그 딸을 돌려달라고 청했으며, 함께 갔던 부사 이하도 그 만행을 막지 못하고 따라서 찬성했습니다. 이런 일을 그대로 두면 뒷날의 폐단이 이루 말할 수 없을 것입니다. 금림군 이개윤을 잡아다 죄를 물으시고 부사 이행진과 서장관 이지무는 삭탈관작하소서.

효종은 처음에는 그 충정을 일부러 모른 척했어요. 그래요, 이유는 당신이 짐작한 바와 같아요. 효종 또한 딸을 둔 아버지니까요. 더군다나 법률적으로 따지면 의순공주는 효종의 양녀고, 효종은 의순공주의 양아버지니까요. 효종은 의순공주를 어루만져 기르고, 늘 마음에 두었으니까요! 하지만 깐깐한 조선의 대신들이(태반은 유교 근본주의자들인 그들이) 의순공주의 양아버지인 효종의 개인적인 사정 따위를 봐줄 리는 만무해요. 공은 공, 사는 사 아니겠어요? 이럴 때(바꾸어 말하면 자신들에게 별반 피해가 없는 것이 확실할 때)

는 공사구분이 확실한 대신들은(유교 근본주의자라는 호칭은 취소하는 것이 좋겠네요. 유교 기회주의자들, 아니 실은 지금도 사방에 널린 망할 정치권력 중독자들이라 부르는 것이 더 맞겠지요) 자신들의 장기인 다변의 신기한 솜씨를 발휘해 사방팔방에서 임금 앞에 메기처럼 입을 크게 벌리고 나서지요.

자, 우리의 효종은 난관에 봉착했어요. 효종은 아버지이지만 임금이에요. 무슨 말이냐, 딸의 아버지기도 하지만 나라의 아버지기도 하다는 뜻입니다. 임금이 되어 나라의 자식들인 대신들(물론 대신들에게는 '명明'이라는 또 다른 유령 아버지가 있었지만 말이에요)의 거듭되는 충정을 그저 모르쇠로 일관하면 나라꼴이 어떻게 되겠어요? 멸사봉공대신 멸공봉사에 헌신한 김경징과 하나 다르지 않은 인물 취급을 당하는 것을 피할 수 없지 않겠어요? 여러 차례 잡아떼기 전략을 펼쳤음에도 재차, 또 재차 요청이 들어오자 효종은 속으로 눈물을 머금었는지 욕 한 바가지를 퍼부었는지 어찌했는지는 모르겠지만 겉으로는 느릿느릿 고개를 끄덕이며(이마 주름을 활용해 어쩔 수 없다는 체념의 표정을 지으며) 이렇게 말했어요.

"경들의 뜻대로 하라."

3

물론 이 일에 짜고 친 고스톱 혐의가 한 다발 풍성하기는 해요. 아무리 부정 넘치는 이개윤이었더라도 근족은 근족인지라 대빵인 효종의 사전 승인 없이 순치제에게 그런 대담한 청을 할 수는 없었겠지요. 대신들도 그래요. 의순공주가 아니었다면 자신들의 딸이 대신 의순공주의 길을 걸었을 수도 있을 테니까 겉으로는 몰라도 속으로는 다들 이개윤에게 겨자씨 한 알만큼은(당신은 이 겨자씨가 나중에 얼마나 커지는지 알고 있겠지요. 대신들의 겨자씨는 상한 겨자씨였을 가능성이 높지만요) 고마워했을 거예요. 하지만 한 나라의 대신이 되어 국법을 어긴 것이 분명한 이개윤을 그냥 두기도 좀 그러니까 처벌을 원하는 척했고 효종도 그들의 속내를 읽고 못 이기는 척 요청을 들어준 것이겠지요. 얼마 지나지 않아 이개윤이 또다시 사은사로 가고 이행진과 이지무의 이름 또한 관리들 명단에서 발견되는 것이 그 증거지요. 그렇다면 재야에서는 이 사건에 대해 어떻게 생각했을까요? 조선 후기를 대표하는 재야 사서인 《연려실기술》에서는 이 사건에 대해 그야말로 똑 부러지게 적어놓았답니다.

경인년에 청나라 사람이 급히 와서 혼인을 요구하니…… 금림군 이 개윤이 자청해 그 딸을 보냈다. 이는 나라를 위하는 데 그 뜻이 있는 것이 아니라 청국에서 보내는 혼인 예물이 많음을 탐낸 것이다. 개윤의 집이 극히 가난했는데 이 때문에 부자가 되었다. 딸은 의순 공주라 이름했는데 도르곤이 받아들였다가 뒤에 소박해버리고 그의 하졸에게 시집보냈다. 이행진이 개윤과 함께 사신으로 북경에 가서 글로 아뢰어 그 딸을 데리고 돌아오니, **당시의 사람들이 침을 뱉고 욕했다.**

우리가 살펴본 사실과 다른 부분도 좀 있지요? 아무리 보아도 객관적이고 냉철한 글로는 보이지 않지요? 맞아요, 사실 관계는 엉성하고 표현도 감정적이에요. 그럼에도 《연려실기술》을 인용한 것은 이 사건을 바라보는 재야(다른 말로 하면 벽창호 양반네들)의 '시각'

때문이에요. 짜고 친 고스톱 판을 두 눈 크게 뜨고 지켜본 이들이 뭔가 될 듯하다 어영부영, 갑작스레 끝나버린 판에 대해 어떤 생각을 했나를 보여주는 시각 때문이에요. 냉정하고 근엄하나 실은 관련자들이 잔뜩 남아 있어 세부를 들여다보면 좀 얼렁뚱땅, 뭉그적거린 느낌을 곳곳에서 준 실록이 결코 보여주지 않는 적나라한 시각이 자신의 살을 금방 회로 바친 송어 대가리처럼 펄떡펄떡 뛰고 있기 때문이에요. "도르곤이 받아들였다가 뒤에 소박해버리고 그의 하졸에게 시집보냈다. 이행진이 개윤과 함께 사신으로 북경에 가서 글로 아뢰어 그 딸을 데리고 돌아오니, **당시의 사람들이 침을 뱉고 욕했다**"는 기술이 바로 그렇지요. 정치 지향성이 대신들급으로 강했던 재야답게 관보와 각종 소식통을 통해 돌아가는 판을 예의주시하던 터라 의순공주의 개가가 도르곤의 죽음 때문이었다는 사실을 모를 수는 없었어요. 그럼에도 의도적으로 사실 관계를 무시하고 그 뒤에다가 '침'과 '욕' 같은 자극적인 단어를 붙였어요(우리에게는 무척 익숙한 장면이지요. 무조건 우기면 다 되는 줄 아는 세상이니까요). 무슨 뜻일까요? 예, 《연려실기술》의 원색적이고도 화끈한 내용은 당신도 잘 아는 한 단어로 요약 가능하답니다. **화냥년!**

환향녀가 변해서 되었다는 화냥년! 그 단어가 바로 6년여 만에 조선으로 돌아온 의순공주를 대하는 재야의 솔직한 '시각'이었어요. 없는 사실도 일부러 만들어냈을 만큼 무슨 수를 써서라도 적극 부각시키고 싶은 단어였어요. 그래요, 나도 이 부분은 잘 이해할 수가 없어요. 이개윤이며 효종을 욕할 수는 있어도 의순공주까지 도매금으로 욕하는 것은 정말 받아들일 수가 없어요. '재야'도 따지고 보면 전쟁의 피해자인데 어떻게 그럴 수가 있는 것이지요?

하지만 다른 한편으로는 너무 잘 이해할 수 있기도 하답니다. 지금 우리가 사는 세상에 대입해보면 바로 정답이 뿅 하고 튀어나와요. 강간당해 자살한 여자에게는 별일도 아닌데 죽었다느니 돈을 노리고 그렇게 했다느니 등등의 비난이 쏟아지고, 성추행 혐의로 고소된 남자(국회의원이니, 대표이사니 하는 직함을 무기처럼 달고 다니는 남자들의 경우가 특히 그렇지요)에게는 손 한 번 잘못 놀린 것 치고는 재수가 없었다느니 그러게 그런 행동을 할 때는 여자를 가려가면서 해야 하는 법이니 등등의 따뜻하고 꼴사나운 염려가 쏟아지는 이 세상도 그때와 하나도 다르지 않으니까요. 그 여자가 우리의 친족이며 이웃이라는 생각은 머릿속 그 어디에도 들어 있지 않으니까요.

4

그래서 이개윤은 어떻게 대응했느냐고요? 공주는 또 어떻게 살았느냐고요? 거기에 대해서 별로 할 말이 많지는 않네요.[7] 이제 좀 지치기도 했고요. 그래요, 모르긴 몰라도 당신이 머릿속으로 상상하는 것과 하나 다르지 않게 살았을 거예요.

현종 3년 8월 6일, 의순공주는 세상을 떠납니다. 조선에 돌아온 후 딱 6년을 살고 죽은 것이지요. 그러니까 의순공주의 삶을 수식으로 표현하면 16 더하기 6 더하기 6은 28이 됩니다. 뭐랄까, 28 치

---

7   효종 7년 5월 9일 실록 기사에 효종이 취한 간단한 조치가 나와 있다.
"호조에 명해 의순공주에게 매달 쌀을 지급해 그의 평생을 마치도록 했다."

고는 좀 입맛이 쓴 28이기는 하지만요(이런 바에는 18에 죽는 것이 더 나을 뻔했어요. 18, 18, 十八, 숫자 욕이라도 실컷 하게!). 실록에서는 이에 대해 마지못한 듯 등 떠밀린 듯 짧고 간단하게 언급하고 있답니다.

효종에 이어 임금이 된 현종은 병들어 죽은 의순공주를 위해 상례용품을 넉넉히 지급하라고 지시를 내리지요. 실록에 따르면 현종은 의순공주를 "불쌍히 여겼다"고 하네요.[8] 물론 눈에 불을 켠 이들이 잔뜩 버티고 있던 재야에서도 과연 그렇게 생각했는지는 잘 모르겠지만요.

8　현종 3년 8월 14일(개수실록改修實錄) 기사 전문을 인용한다.
"상이 정원에 하교해 금림군의 딸의 초상에 해조로 하여금 상사에 쓸 물품을 넉넉히 주도록 했다. 대개 효종조에 청국淸國의 구왕九王이 우리나라와 혼인하려고 해 사신을 보내 공주를 요구했다. 효종이 그 요청을 어기기 어려워 종실인 금림군 이개윤의 딸을 의순공주라 해 구왕에게 보냈다. 구왕이 죽자 대신 다른 친왕親王에게 보내졌는데, 친왕이 또 죽어버렸다. 개윤이 마침 봉명 사신으로 연경에 갔다가 정문呈文해 돌려줄 것을 청하니, 청인이 허락해 보내주었다. 이때에 이르러 병사하니, 상이 불쌍히 여겨 이런 명을 내린 것이다."

강화도의 열녀들

《연려실기술》의 저자 이긍익은 《강화지江華誌》라는 자료를 토대로 강화의 참혹한 현장에서 발생한 열녀들의 행적을 상세하게 기록하고 있다.

이성구李聖求의 아내 권 씨는 아들 상규의 아내 구 씨 및 두 딸과 함께 목을 매어 죽었다.

권순창權順昌의 아내 장 씨는 동생과 함께 목을 매어 죽었다.

이호선李好善의 아내 한 씨는 토굴 안에 숨었는데 적병이 불을 질러도 나오지 않고 타 죽었다.

최필崔弼의 아내 정 씨와 이중언李仲言의 아내 양 씨는 젊은 남자들이 종군하자 시어머니 곁을 지키다가 함께 목을 찔러 죽었다.

송순宋淳의 아내 유 씨는 언덕에서 떨어져 죽었다.

이춘남李春男의 아내 정 씨는 가위로 목을 찔러 죽었다.

놀라기는 아직 이르다. 호러 드라마를 쓰려는 것은 아니지만 정말로 사례는 끝이 없이 나오니까.

황식黃寔의 아내 구 씨, 변경卞慶의 아내 이 씨, 이사성李嗣聖의 아내 이 씨, 하함河艦의 아내 이 씨, 김계문金繼門의 아내 박 씨······ 안응성安應星의 아내 이 씨, 최덕남崔德男의 아내 박 씨는 모두 스스로 목을 매어 죽었다.

강화도에서 일어났던 참상의 실체를 확인할 수 있는 장면이다. 이긍익도 좋아서 쓴 것은 아니고 눈물을 꾹 참고 썼으리라. 그런데 읽다보니 문득 의문이 들 것이다. 남편들은 도대체 어떻게 되었을까? 홍명일洪命一의 아내 이 씨의 사례를 살펴본다.

홍명일의 아내 이 씨는 가족과 함께 배를 타고 떠나려고 했다. 그런데 적병들이 코앞에 있어 얼마 지나지 않아 잡힐 것이 분명해졌다. 시어머니 황 씨가 스스로 목을 찔러 자결을 시도하자 이 씨는 남편 생질의 아내인 나 씨와 껴안고 물에 빠져 죽었다. 이 씨의 두 아들인 자의子儀와 자동子同도 곧바로 뛰어들어 죽었다. 아이들의 나이는 예닐곱밖에 되지 않았다.

아이들이 설마, 하는 의문이 들 수도 있겠다. 이긍익 또한 그런 논란을 염려한 듯 곧바로 다른 자료를 이용해 부연 설명을 한다. 그리 기분 좋은 설명은 물론 아니다.

《강도록江都錄》에 따르면 이 씨가 두 아들을 먼저 물에 던진 후 스스로 물에 빠져 죽었다고 한다.

시어머니 황 씨는 어떻게 되었을까? 황 씨는 "구해주는 사람이 있어서 죽지 않았다"고 되어 있다. 홍명일은 언제 죽었는지 찾아보았다. 1651년 사망한 것으로 되어 있다. 아내 이 씨보다 10년 이상을 더 산 셈이다.

회은군 이덕인의 사례(앞에서 언급한 대로 딸은 청나라로 끌려가 피파 박시의 아내가 되었다)도 새겨볼 만하다.

정선흥鄭善興의 아내 권 씨가 적병이 다가온 것을 보고 회은군에게 나아가 말했다.

"영감은 내 아버지와 절친하니, 나를 살려주소서."

회은군이 답했다.

"내가 장차 어쩌하겠는가."

정선흥이 눈을 부릅뜨고 아내를 꾸짖었다.

"빨리 죽는 것이 옳다."

권 씨가 칼을 가지고 문으로 들어갔다. 회은군이 정선흥에게 가서 보라고 했다. 가보니 죽어 있었다.

이덕인은 1644년 역모죄로 죽었고, 정선흥은 1661년 조부인 정효성鄭孝成의 묘역을 정비했다는 기록이 있다.

윤선거尹宣擧의 아내 공주 이 씨의 사례도 당신에게 꼭 들려주고 싶다.

윤선거의 아내 이 씨는 갑곶의 수비가 무너진 소식을 듣고 스스로 목을 매어 죽었다. ……아들 증拯이 나이 겨우 아홉 살인데, 손으로 옷과 이불을 정돈해 조용한 곳에 빈소를 정하고 사방 구석에 돌을 놓고 가운데에는 숯과 재를 덮은 후에 통곡하며 하직하고 나서 (정말일까?) 계집종의 등에 업혀 나왔다.

당시 강화도에서 의병 활동을 벌였던 윤선거는 아내가 자결을 결심했다는 사실을 알고 있었다. 그러나 윤선거는 함께 죽지 않았다. 이유가 있었다. 아버지인 윤황尹煌이 남한산성에 있었기 때문이다. 아버지를 마지막으로 본 후에 죽기로 결심했기 때문이다. 그러나 윤선거는 남한산성에 들어가지도 못했고 제때 죽지도 못했다. 윤선거는 1669년 사망했다.

흥미로운 것은 아들인 윤증尹拯이다. 장성한 윤증은 소론의 영수가 되는데 아버지의 행적을 놓고 송시열과 일대 혈전을 벌인 것은 유명하다. 물론 윤증은 아버지를 변호했다. 윤증, 꽤 흥미로운 인물이다. 장차 기회가 되면 윤증의 심리분석만큼은 꼭 한 번 해보고 싶다.

아내와 함께 죽은 남자가 정말 하나도 없느냐고 당신이 묻는다. 아주 없는 것은 아니다. 잘 뒤져보면 나오기는 나온다.

심지담沈之源과 어머니와 아내와 첩과 자식이 모두 죽었다. 심지담
은 몸으로 어머니의 시체를 가린 채 죽었다.

그러나 심지담의 사례는 차라리 예외라고 보는 것이 옳다. 전쟁은 남자들이 치렀지만 희생은 여자들의 몫이었다. '절개'와 '자결'을

유독 강조하는 이긍익의 총평이 왠지 공허하게 느껴지는 이유기도 하다.

그 밖에 부인들이 절개를 위해 죽은 것은 모두 다 기록할 수 없었으며, 천인賤人의 아내와 첩도 자결한 사람이 많았다. 적에게 사로잡혀 적진에 이르러 욕을 보지 않고 죽은 자와 바위나 숲속에 숨었다가 적에게 핍박을 당해 물에 떨어져 죽은 자들이 얼마나 되는지 알 수 없다. 사람들이 전하기를, **"머릿수건이 물에 떠 있는 것이 마치 연못물에 떠 있는 낙엽이 바람을 따라 떠다니는 것 같았다"**라고 했다.

제7장 **빈 무덤**

금림군 이개윤이 졸卒했다.
- 현종 13년(1672) 12월 25일(개수실록)

1

며칠 전 의순공주의 무덤을 보고 왔어요. 무덤(정확히 말하면 무덤들
이에요. 이개윤의 무덤도 함께 있으니까요)을 보는 순간 나도 모르게 '홀
리 쉿트holy shit'를 외쳤어요. 왜 많고 많은 한국어 표현을 두고 별로
좋지도 않은 그 말을 골라 썼느냐고요? 설명하긴 좀 힘든데…….
간단히 말하자면 그건 내가 본 풍경이 정말 홀리 쉿트였기 때문이
에요. 무덤으로 갈 수 있는 빌라 옆 샛길은(그 길이 유일한 길이었지요)
차라리 쓰레기장이라 부르는 것이 좋을 정도라서 홀리 쉿트였고,
무덤 주변을 보호할 용도로 설치한 것이 분명해 보이는 철조망은
어찌된 일인지 바닥에 지뢰처럼 깔린 채 녹슨 적의를 잔뜩 드러내
고 있어서 홀리 쉿트였고, 무덤으로 이끄는 그 길이 실은 무덤 뒤통

수 쪽이어서 홀리 쉿트였고, 미친년 머리처럼 마구 자란 풀들이 뱀처럼 슬쩍 다가와 자꾸 발목을 공격하러 덤벼들어서 홀리 쉿트였고, 그 홀리 쉿트 천국인 와중에도 이개윤의 무덤이 그나마 의순공주의 무덤보다는 몇 배 더 그럴듯해 보여서 홀리 쉿트였어요.

아, 의순공주의 무덤! 홍살문이니 정자각이니 하는 것들은 당연히 없었고, 달랑 두 개의 홀리 쉿트한 석물이 홀리 쉿트한 무덤을 지키고 있었어요. 무덤은 또 어쩌나 헐벗었는지 나는 황금 보기를 돌같이 하라던 고려 장군 최영崔瑩의 무덤인 줄 알았다니까요. 그러나 이 모든 홀리 쉿트 중에 최고는 무덤에서 조금 떨어진 곳에 세워진 '족두리 산소와 정주당 놀이'라는 제목의 문화재 안내판에 적힌 내용이었어요.

족두리 산소는 의순공주 무덤의 별칭이래요. 궁궐을 떠나 평안도 정주 땅에 이른 의순공주는 주변머리 없는 오랑캐인 도르곤과 파김치 같은 생활을 흰머리 되도록 하느니 차라리 죽는 것이 더 낫겠다고 생각해서 압록강에 몸을 던졌대요. 그래서 어떻게 되었느냐고요? 죽었대요. 사람들은 의순공주는 찾지 못하고 족두리만 찾았대요. 그 족두리만 아버지 묘 밑에 묻었다고 해서 족두리 무덤이래요. 홀로 남은 어머니는 정주 땅을 바라보며 명복을 빌었다고 해서 정주당이 되었고, 이후 마을 주민들이 의순공주의 넋을 달래기 위해 행한 제사를 정주당 놀이라 부른대요.

우리가 함께 살펴보았던 사실과는 참 많이 다르지요? 물론 이 글을 쓴 이도 무식쟁이는 아니라 실록에 기록된 사실과는 다르다는 의견을 밝히고 있어요. 당신이 고개를 갸웃하는군요. 다른 것은 다 이해하겠는데 눈물겨운 사연을 절절이 기록한 이 안내판의 내용이 왜 홀리 쉿트 중에 홀리 쉿트인지는 아무리 생각해도 잘 모르겠다고요? 그래요, 당신은 당연히 이해할 수 없겠지요. 왜 내가 별 것도 아닌 민간 전설을 담은 안내판 따위에 격분했는지 말이에요. 내 격분을 설명하려면 그보다 앞서 짚고 넘어가야 할 것이 있어요.

2

금림군 이개윤의 딸을 의신공주로 봉해 섭정왕의 아내로 보냈는데, 얼마 안 되어 왕이 죽었다. 청 세조는 '공주가 이미 과부가 되었으니, 이곳에 머물러 있는 것은 옳지 않다'고 생각해 마침내 본국으로 돌려보냈다. 훗날 공주는 섭정왕을 그리워해 무당을 시켜 혼을 불러 그 간곡하고도 정다운 말을 한 번 더 듣기를 원했으나 끝내 신神이 내리지 않았다. 그러다가 공주가 경대 상자를 열고 섭정왕이 쓰던 표피 모자를 꺼내서 무당 앞에 던졌다. 무당에게 비로소 신이 내려 방울과 부채를 흔들더니, 눈을 부릅뜨고 눈썹을 치뜨기도 하며, 울기도 하고 말하기도 하면서 평생의 일을 다 말했다.

내가 금림군의 외손인 조모를 만난 적이 있는데, 그때 위와 같은 말을 들었다.

조선 후기를 대표하는 문인 가운데 한 명인 이덕무의 글이랍니다. 섬세한 감각을 지녔던 이덕무의 글답게 꽤 슬프고도 아름다운 내용이에요. 정략결혼의 희생자로 이국의 비가 된 의순공주(이덕무는 '의신공주'라 쓰고 있지요. 학식도 풍부한 사람이 왜 그렇게 썼는지는 잘 모르겠어요. 신경증적으로 완벽을 추구하던 이덕무였으니 분명 그 나름의 이유가 있었겠지요)는 뜻밖에도 오랑캐 남편이 꽤 괜찮은 사람이라는 사실을 알지요. 그래서 꽉 닫았던 마음을 조금씩 열어가기 시작하는데 아뿔싸, 통속 막장 드라마의 전개 방식에 따라 남편은 비명횡사하고 홀로 된 공주는 온갖 우여곡절 끝에 쓸쓸히 고국으로 돌아오게 되지요.

그런데 돌아온 지 여러 해가 지난 후에도 죽은 남편이 잊히기는커녕 그리워지기만 하는 거예요. 결국 공주는 남편의 유품을 들고 무당을 찾아가지요. 다행히 무당이 가짜는 아니었나봐요. 눈에서 레이저를 뿜는 진짜 무당이었나봐요. 아무튼 진짜 무당의 몸을 빌려 나타난 남편은 공주와 있었던 추억들을 구구절절 말하지요. 공주는 눈물을 흘리며 고개를 끄덕였겠지요. 그 일이 있은 지 얼마 지나지 않아 공주는 죽게 되어요. 하지만 슬픈 죽음은 아니었을 거예요. 그토록 사랑했던 남편 곁으로 다시 돌아가는 셈이었으니까요.

어때요? 당신은 애써 무덤덤한 표정을 짓고 있지만 통속적인 사랑에 목마른 사람들이 꽤나 좋아할 만한 청순가련한 로맨스 소설이지요? 그런데 내 생각은 달라요. 한마디로 이 이야기는 눈에서 레이저를 뿜는 무당만큼이나 '짜증 만땅'에 엉터리예요.

당신이 역사를 조금이라도 아는 사람이었다면 그건 좀 심한 말이 아니냐고 조용히 반론을 제기했을 거예요. 당신의 반론은 일리가 있지요. 웬일로 순순하게 인정하느냐고요? 두 가지 이유가 있지요. 첫째, 이 사료를 쓴 사람이 조선 후기를 대표하는 문장가인 이덕무라는 사실, 둘째, 그 이덕무가 금림군의 외손인 조모라는 이에게서 직접 이야기를 듣고 글을 썼다는 사실 때문이에요. 이덕무도 조모도 다 믿을 만한 브랜드의 자격을 갖추었으니까요. 그러니까 이 글의 사실성 여부를 의심할 여지가 별로 없다는 뜻이지요. 그럼에도 내가 내린 결론을 바꿀 생각은 전혀 없답니다. 다시 말하지만 이 이야기는 완전히, **처음 약간만 빼고는 중간 이후부터 마지막 문장까지 토씨 하나도 빼놓지 않고 다 엉터리예요!**

공주가 무당을 찾아간 것은 틀림없는 사실일 거예요. 도르곤을 호출하기 위해 표피 모자를 들고 간 것도 반박할 수 없는 사실일 거예요. 하지만 제대로 된 프로파일러라면 사건의 거죽이 아니라

안을 들여다보아야 해요.

나는 도르곤이 그리워서 공주가 그런 행동을 했다고는 죽어도 생각하지 않아요. 단도직입적으로 말할게요. 과연 두 사람 사이에 사랑이라는 것이 싹이 트기나 했을까요? 추억이라 부를 만한 낯간지러운 것이 있기나 했을까요? 남자는 서른아홉 살 중년이고 여자는 열여섯 소녀예요. 남자는 청나라의 일인자 황부 섭정왕이고, 여자는 너무 가난해 다른 종친들에게도 멸시받는 집에서 살다가 갑자기 벼락 공주가 되었어요. 나이와 환경 문제는 접어두고라도 국내외의 온갖 문제를 결정해야 할 위치에 있던 황부 섭정왕은 어린 여자에게 애정을 쏟기에는 너무나 바쁜 사람이었어요. 게다가 남자에게는 이 여자 말고도 열 명의 부인이 더 있었다지요. 초딩 숫자놀음을 한 번 더 하자면 도르곤의 능력치를 최고로 설정하더라도 한 명당 월 세 번씩밖에는 기회가 오지 않아요(개근상을 수상할 만한 남자는 실은 거의 없지요). 그런 상황에서 남자와 여자 사이에, 그것도 말도 통하지 않는 두 사람 사이에 사랑의 싹이 튼다는 것이 과연 있을 수 있는 일이겠어요?

다시 말하지만 공주가 무당을 찾아간 것은 사실일 거예요. 도르곤을 호출하기 위해 표피 모자를 들고 간 것도 반박할 수 없는 사실일 거예요. 하지만 나는 도르곤이 그리워서 공주가 그런 행동을 했다고는 생각하지 않아요.

　그러면 무엇이냐고요? 왜 그러했겠어요? 욕하고 원망하고 싶었던 것이지요. 게릴라처럼 갑자기 출몰했다가 유령처럼 사라져서 자신의 인생을 완전히 망친 놈에게 욕 한번 신나게 퍼붓고 싶었던 것이지요. 그것이 내 결론이에요. 금림군의 외손 조모라는 인간이나 책벌레이자 기록광인 이덕무가 보고도 보지 못한 것, 듣고도 듣지 못한 것이지요. 그러했기에 그들은 의순공주가 그런 행동을 한 이유에는 눈감고 귀를 닫은 채 엉터리 고소설에나 등장할 법한 들꽃처럼 고운 사랑을 꺼내 자기들 마음대로 이해했던 것이고요. 하긴, 욕할 것도 없겠네요. 그것이 바로 남자들이 여인네의 '사랑'을 이해하는 방식이니까요.

3

이제 당신은 내가 왜 안내판을 보고 격분했는지 그 이유를 충분히 짐작할 수 있을 거예요. 안내판에는 사람들이 의순공주에게 기대했던 유일한 바람이 노골적으로 드러나 있어요. 그것이 무엇이겠어요? 아버지 국가였던 명나라가 멸망한 후 유일하게 세상에 남아 중화의 정신을 따르려 온갖 애를 쓰던 유복자 소중화국 조선의 여성답게 스스로 목숨을 끊는 것이지요. 그 바람이 너무도 강했던 나머지 살아 돌아온 의순공주의 존재는 그들 눈에는 보이지도 않았어요. 왜? 그들의 머릿속에서 의순공주는 이미 죽었으니까요. 살아 돌아온 것은 그저 거죽뿐인 화냥년이니까요.

아, 간절한 바람은 이루어지는 법이에요. 얼마 후 의순공주는 세상을 떠났고, 그럼으로써 전설은 완성되었어요. 그러니 조금 심하게 말하면 죽은 제갈공명 같은 엉터리 전설이 산 사람을 죽게 만든 거예요.

붉은 맨살을 드러낸 무덤을 보면서 나는 한참을 울었어요. 열여섯 살 이후 내내 죽은 여자로 취급받았던 여자가 불쌍해서 한참을 울었어요. 눈이 붉어지도록 울다가 손수건으로 눈물을 확 닦고는 작은 복수거리를 하나 생각해냈지요. '빈 무덤'이에요. 무슨 소리냐 하면 의순공주의 무덤은 실은 빈 무덤이에요. 왜? 의순공주는 죽은 것으로 알려져 있는 그 날짜가 다가오기 며칠 전에 연금 상태나 마찬가지였던 자신의 집에서 몰래 도망을 갔으니까요. 우연의 일치인지 어쩐지는 모르지만 옆집에 살던 잘생긴 총각도 사라졌대요. 동네에서 제일가는 부자 양반집의 값비싼 절영마 한 필도 사라졌대요.

말도 안 되는 소리라고요? 그래요, 당신 말이 맞아요. 역사 기록을 개무시하는 터무니없는 상상이지요. 하지만, 하지만 말이에요. 그렇게 믿어서 안 될 것은 또 무엇이겠어요? 평생을 제 의지대로 살지도 못한 여자에게 마지막 자유와 통속적인 사랑을 허락한다고 해서 안 될 이유가 도대체 어디에 있겠어요?[1]

이로써, 의순공주에 대해 내가 알고 있는 것은 다 이야기했어요.

당신이 정말로 듣고 싶었던 이야기였던지는 잘 모르겠네요. 하지만 내가 하고 싶었던 이야기였다는 것은 분명한 것 같아요. 무슨 말이냐면 당신의 감상은 하나도 중요하지 않다는 뜻이에요. 그때나 지금이나 여자로서 사는 것은 참 쉽지 않다는 뜻이에요. 내 말 뜻, 이해하겠어요?

---

1 며칠 전 의순공주 무덤을 찾았다. 제대로 된 표지판도 하나 없어 30분 가까이 헤맨 후 무덤에 도착했다. 무덤을 본 순간 나도 모르게 원저자처럼 '홀리 쉿트'를 외쳤다. 의순공주는 무덤이 아니라 감옥에 있었다. 무덤 주변까지 아파트 건물이 들어서 있고, 무덤은 붉은 흙을 잔뜩 드러낸 비참한 꼴을 하고 있었다. 설마, 하고 갔지만 현실은 설마 그 이상이었다. 신익상申翼相이 쓴 한시에 "홀로 푸른 무덤에 머무니 황혼이 지네"라는 구절이 있는 것을 보면 적어도 조선 시대에는 지금처럼 비참한 형상은 아니었던 것 같다(신익상의 한시는 이종묵의 〈중국 황실로 간 여인을 노래한 궁사〉에 전문이 실려 있다). 그러니 우리는 조상들보다 못한 후손들인 셈이다.

조선왕조실록(sillok.history.go.kr)

승정원일기(sjw.history.go.kr)

이긍익, 연려실기술(www.itkc.or.kr)

강명관, 《열녀의 탄생》, 돌베개, 2009.

강순애 외, 《우상잉복 천재시인 이언진의 글향기》, 아세아문화사, 2008.

계승범, 《정지된 시간》, 서강대학교출판부, 2011.

———, 《조선시대 해외파병과 한중관계》, 푸른역사, 2009.

권터 그라스, 장희창 옮김, 《게걸음으로》, 민음사, 2015.

김광순 옮김, 《산성일기》, 서해문집, 2004.

김동욱 옮김, 《새벽강가에 해오라기 우는 소리》, 아세아문화사, 2008.

김문식, 《조선후기 지식인의 대외인식》, 새문사, 2009.

김상준, 《유교의 정치적 무의식》, 글항아리, 2014.

김수영, 《김수영 전집 1》, 민음사, 1981.

김만중, 심경호 옮김, 《서포만필 하》, 문학동네, 2010.

김학주, 《새로 옮긴 시경》, 명문당, 2010.

김현룡, 《한국문헌설화 1》, 건국대학교출판부, 1998.

마크 C. 엘리엇, 이훈·김선민 옮김, 《만주족의 청제국》, 푸른역사, 2009.

무라카미 하루키, 양윤옥 옮김, 《잠》, 문학사상, 2012.

박성규 역주, 《논어집주》, 소나무, 2011.

박지원, 김혈조 옮김, 《열하일기 1~3》, 돌베개, 2009.

———, 신호열·김명호 옮김, 《국역 연암집 1, 2》, 민족문화추진회, 2000.

박희병, 《유교와 한국문학의 장르》, 돌베개, 2008.

———, 정길수 편역, 《전란의 소용돌이 속에서》, 돌베개, 2007.

배우성, 《조선과 중화》, 돌베개, 2014.

성대중, 한국고전번역원 옮김, 《청성잡기》, 올재, 2012.

소현세자 시강원, 정하영 등 역주, 《심양장계》, 창비, 2008.

신명호, 《조선공주실록》, 역사의아침, 2009.

심노숭, 안대회·김보성 옮김, 《자저실기》, 휴머니스트, 2014.

안대회, 〈초정 박제가의 인간적 면모와 일상〉, 《18세기 조선 새로운 문명기획》, 경기도, 2005.

위중, 이은호 옮김, 《상서 깊이 읽기》, 글항아리, 2013.

이덕무, 신호열 외 옮김, 《청장관전서 12》, 민족문화추진회, 1979.

이시바시 다카오, 홍성구 옮김, 《대청제국》, 휴머니스트, 2009.

이종묵, 〈중국 황실로 간 여인을 노래한 궁사〉, 《고전문학연구 40》, 고전문학회, 2011.

임형택, 《이조시대 서사시 2》, 창비, 2013.

장유, 최지녀 편역, 《개구리 울음 소리》, 돌베개, 2006.

정길수, 《한국 고전장편소설의 형성 과정》, 돌베개, 2005.

정약용, 정해렴 역주, 《임진왜란과 병자호란》, 현대실학사, 2001.

정해은, 《조선의 여성 역사가 다시 말하다》, 너머북스, 2011.

조너선 스펜스, 이준갑 옮김, 《반역의 책》, 이산, 2004.

조혜란, 《옛소설에 빠지다》, 마음산책, 2009.

최소자, 《명청 시대 중·한관계사 연구》, 이화여자대학교출판부, 1997.

패멀라 카일 크로슬리, 양휘웅 옮김, 《만주족의 역사》, 돌베개, 2013.

필립 쿤, 이영옥 옮김, 《영혼을 훔치는 사람들》, 책과함께, 2004.

한명기, 《역사평설 병자호란 1, 2》, 푸른역사, 2013.

───, 《정묘, 병자호란과 동아시아》, 푸른역사, 2009.

홍상훈, 《한시 읽기의 즐거움》, 솔, 2007.

국립중앙도서관 출판시도서목록(CIP)

(조선이 버리고 청나라가 외면한) 의순공주 : 설흔 역사소설
/ 지은이: 설흔. -- 고양 : 위즈덤하우스 미디어그룹, 2017

 p. ; cm

참고문헌 수록
ISBN 978-89-6086-799-4 03810 : ₩13000

한국 현대 소설[韓國現代小說]
역사 소설[歷史小說]

813.7-KDC6
895.735-DDC23 CIP2017018426

조선이 버리고 청나라가 외면한

의순공주

초판 1쇄 인쇄 2017년 8월 22일   초판 1쇄 발행 2017년 8월 29일

지은이 설흔 펴낸이 연준혁

출판 1본부 이사 김은주
출판 4분사 분사장 김남철
편집 이지은 디자인 조은덕

펴낸곳 (주)위즈덤하우스 미디어그룹   출판등록 2000년 5월 23일 제13-1071호
주소 (410-380) 경기도 고양시 일산동구 정발산로 43-20 센트럴프라자 6층
전화 (031)936-4000   팩스 (031)903-3895   홈페이지 www.wisdomhouse.co.kr

값 13,000원 ⓒ 설흔, 2017
ISBN 978-89-6086-799-4 03810

• 잘못된 책은 바꿔드립니다.
• 이 책의 전부 또는 일부 내용을 재사용하려면 사전에 저작권자와
  (주)위즈덤하우스 미디어그룹의 동의를 받아야 합니다.